Giovanna Chaves

O Amor em poucas linhas

astral cultural

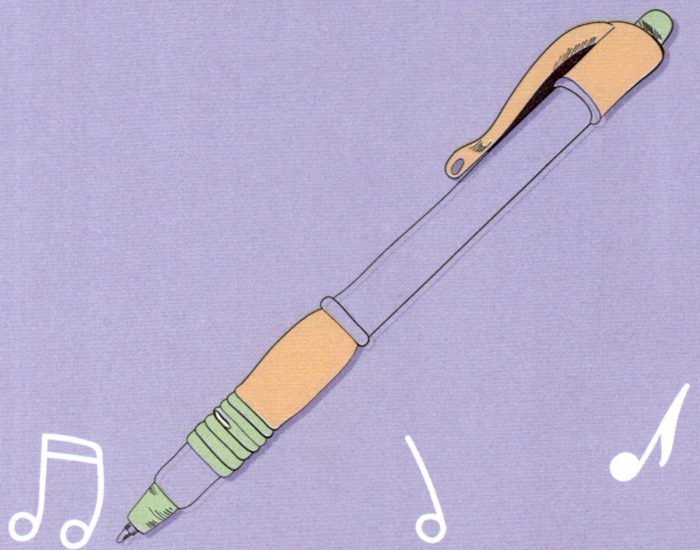

Se eu pudesse, eu te traduzia
em mil versos de uma poesia
se eu pudesse, eu te cantaria...

1

Acabou a calmaria

Se você estivesse caminhando pela calçada da minha rua, certamente passaria direto pela casinha com portão verde sem olhar duas vezes. Um lugar comum na Rua das Vieiras, na pacata cidade de Serena.

É, EU SEI. O nome já diz que é uma cidade calma, e nisso ela não faz propaganda enganosa. Claro, como todo lugar onde humanos vivem, tem seus escândalos, seus barracos familiares, suas duas ou três ocorrências semanais na delegacia (quase todas causadas pelo bêbado local, que adora subir no coreto da cidade sem roupas).

MAS, EI! Essas coisas só não aconteceriam se Serena fosse um lugar mágico habitado apenas por bichinhos. **TIPO UMA FÁBULA OU UM EPISÓDIO DE GUMBALL.**

Enfim, a casa de portão verde pela qual você passaria direto é a minha. Digo... dos meus pais, né? Maria e Igor, que compraram pouco antes de eu nascer com muito esforço – coisa que papai sempre faz questão de lembrar a cada almoço em família.

"CARREGUEI MUITA CAIXA ANTES DE VIRAR GERENTE NO MERCADO!"
"SUA MÃE E EU PAGAMOS ESTA CASA COM MUITO SUOR!"

Bom, não sei se alguma imobiliária aceita suor como pagamento. É algo meio nojento, se for parar para pensar.... mas, enfim!

Estamos agora em um almoço de família, olha só que coincidência! Mas meu pai ainda não começou nenhum discurso sobre **"TRABALHO E SUOR"**, até porque ele está bem ocupado tirando a lasanha de berinjela do forno – ele cozinha muito bem! Já mamãe está tentando fazer a minha irmãzinha fofa (mas só quando não está gritando) parar na cadeirinha e comer a papinha sem que a comida vá parar no teto. É uma tarefa bem complicada, até porque a Marcelinha não para quieta por nada nessa vida.

– Meu Deus do céu, Marcela! Deixa eu colocar o babador em você... Giorgia, larga esse celular e me ajuda aqui um pouco, por favor?

AH.
GIORGIA SOU EU.

Tá, talvez eu tenha passado tempo demais no celular ultimamente. Minha mãe diz que eu fico tantas horas de cabeça baixa que qualquer dia eu vou levantar o rosto e ela vai achar que tem uma estranha dentro de casa.

Porém, eu sempre falo para ela que isso é algo normal na adolescência de hoje em dia, até porque na época dela não tinha iPhone, Android... nossa! Como ela fazia para falar com as amigas?! Digitava uma folha na máquina de escrever, fazia aviãozinho de papel e arremessava pela janela? Hmmm, acho que não. Talvez fossem pombos-correios!

– GIORGIAAAA!

– AI, JÁ VOU! JÁ VOU! – eu digo, largando o celular apressada e indo até a cadeirinha da Marcela. Minha mãe continua tentando colocar o babador em minha irmã enquanto me dá o famoso "sermão do celular" (tão famoso quanto o "sermão do suor" de meu pai).

– Falando sério, filha. Você vai ficar com tendinite. Não larga essa coisa nem para comer! E, você sabe... a bateria esquenta, pode explodir... BUM!, bem na sua cara! Eu não quero que minha linda filha exploda a própria cara.

– QUE EXAGERO, MÃE!

– Ah, mas eu vi na internet! Aquele satélite que caiu semana passada? Devia ser um astronauta com celular defeituoso.

Meu pai chega à mesa, colocando a travessa de lasanha em cima do aparador e rindo. HA-HA-HA

– Maria, não precisa pegar tão pesado para assustar a Giorgia. É só lembrar que a tendinite poderia acabar com as aulas de violão dela.

– Eu parei com o violão mês passado, pai – digo, revirando os olhos e voltando para o meu lugar. Ao meu lado estava Marcela, já devidamente equipada para espalhar papinha pelos quatro cantos da cozinha.

Meu pai olhou para a minha mãe, confuso.

– PAROU POR QUÊ?

– Não nasci pra isso, acho – digo, dando de ombros. – A Sol toca bem melhor do que eu. Na verdade, muito melhor do que eu. Então, vou me concentrar em só cantar.

– Só cantar – a minha mãe diz, balançando a cabeça. – Até parece. Eu vi os vídeos dela e da Sol no YouTube, amor... Tão lindas! Nossa filha é tão talen...

– **ESPERA!** – eu digo de repente, arregalando os olhos. Todo mundo fica quieto por um instante, até minha irmã. **– VOCÊ VIU ONDE MEU VÍDEO?**

– Ah, no celular enquanto estava na fila do banco e...

– MUITO BONITO, DONA MARIA! A SUJA FALANDO DA MAL-LAVADA!

Meu pai começa a rir, enquanto serve a lasanha em nossos pratos. Minha mãe faz uma careta para mim. HA-HA-HA

– Traidora! E você, Seu Igor, não ri muito, não, senão conto para ela que você também fica vendo vídeo antigo do Brasil ganhando a Copa de 94 e chorando!

– Quando eu fiz isso?! Que calúnia!

– Ontem mesmo! O Galvão pulando e gritando É TETRA, agarrado no Pelé, e você lacrimejando!

– AAAAAH, GOLPE BAIXO! Era um cisco que eu...

Meus pais se dão bem. Acho fofo! Nunca perdem o humor, mesmo com todas as dificuldades que a família enfrenta nos últimos tempos. Mas não tá fácil para ninguém, né?

Acabamos de comer, e me apresso para lavar a louça – afinal, a gente divide tudo aqui em casa. Fico só vendo a luz de alerta do celular avisando que tem mensagens e fico curiosa para saber quem está me mandando o quê. Nem enxugo as mãos na pressa e molho toda a tela do meu aparelho. Enxugo na roupa e vejo a notificação:

VOCÊ TEM 54 MENSAGENS

Isso que foram só uns 20 ou 30 minutos almoçando, **HEIN?**

Quase todas são da Sol. **AH, ELA É A MINHA MELHOR AMIGA**, caso não tenha ficado claro! Era com ela que eu estava falando antes da minha mãe me pedir para ajudar com a Marcelinha.

E das 54 mensagens, 52 são dela.

2 são de um número desconhecido.

Como eu sei que a Sol é ansiosa, dou prioridade para a amiga, claro.

miga

ô miga

migaaa

miga

MIGA VC TAÍ?

caaaalma, miga

tava almoçando

hahahahah

dsclp te largar falando sozinha

vc tava dizendo da série lá

esquece aquilo!!

Tenho outra coisa bem mais importante

Nossa! O que pode ser mais importante do que a Sol *fangirling* com as vinte e oito mil séries favoritas dela que ela assiste ao mesmo tempo? Aliás, não sei como ela consegue ver todas e ainda ter tempo para tocar violão, piano, atualizar o Insta **TODA HORA** e ainda se preocupar com todas as suas amigas de um jeito tão fofo que nunca vi igual. A Sol é uma androide multitarefas que não dorme e não come, só pode!

Então fala logo!

Não

Vem aqui em casa

Afff

Sério que vc vai fazer isso cmg?

Vai valer a pena

te garanto

Vai logo e para de reclamar

EU CONHEÇO A AMIGA QUE TENHO. Quando ela põe alguma coisa na cabeça, ela é completamente determinada. Tão diferente de mim, sempre cheia de dúvidas... Queria ter um terço da coragem da Sol.

Vou até o espelho do guarda-roupa, abrindo a porta com pressa. Aquela olhadinha básica no meu pôster predileto do Zack Stone, todo lindo e sorrindo para mim – eu gosto de ter pôsters, tá? Por mais que as pessoas hoje apenas salvem as fotos no celular para usar de papel de parede, eu gosto de ter algumas coisas em papel, sabe? Para sentir. Tanto que tenho um bocado de livros nas prateleiras do meu quarto.

Suspiro e desvio os olhos do meu ídolo para me concentrar em mim. O plano é simples: me arrumar correndo para ir até a casa da Sol. **EU TÔ COMPLETAMENTE BAGUNÇADA!** Cabelo, olheira... São uns dez minutinhos de caminhada, mas dou um jeito com uma make rápida para ninguém nas ruas se assustar com Giorgia, a zumbi.

Não que eu esteja interessada em algum boy no momento – como diz minha mãe, **"É MUITO CEDO PARA ISSO, VAI ESTUDAR!"** –, mas faço isso, pois acho que é legal estarmos bem com nós mesmos. Sei lá, pode parecer besteira para você, mas eu não acho. Perco alguns segundos me olhando no espelho e tento me animar... Mas me vejo tão simples, comum... Como a casinha de portão verde na minha rua, por onde você passaria batido e sem olhar duas vezes. Bonitinha, mas completamente normal. Mas, sabe de uma coisa? Às vezes, é bom ser só mais alguém na multidão, sem maiores dramas, complicações...

Vou para rua me misturar ao mundo – mesmo que o meu mundo sempre tenha sido a minúscula Serena – mal sabendo que **TODA AQUELA CALMARIA** estava prestes a acabar.

2

O jurado do concurso

– Você tá brincando com a minha cara!!!

Fui eu quem gritou isso aí. Também, olha o que a minha amiga me apronta:

Chego à casa dela. A dona Lurdes, mãe da Sol, me recebe toda fofa, como sempre, me oferecendo um suco de maracujá e morango que **EU ADORO**, mas nem isso pude aceitar porque disse que precisava falar urgente com a filha dela. Tento desviar do Fred, o buldogue dela que adora carinho na barriga, mas falho miseravelmente: ele deita todo gordinho com as costas no chão e eu preciso fazer um chamego no bichinho.

– Você é um aproveitador, sabia? É, sim! – eu digo com aquela voz infantil que reservamos para bebês e bichinhos. – Agora eu tenho que ir... não, não faz essa cara! **DEPOIS APERTO MAIS ESSA BARRIGA!**

Quase pulo por cima do Fred e subo as escadas. A Sol está lá, sentada de pernas cruzadas na cama dela, cercada pelos pôsters de bandas e artistas, de Metallica a Demi Lovato, passando pelo Zack Stone, claro. Ela é muito eclética, e isso é uma coisa da família. O pai é saxofonista de jazz, a mãe é atriz e o Rick, irmãozinho dela de oito anos, já manda muito no rap. Até faz uns *breakdances*! Inclusive, ele é muito fofinho quando se veste parecendo um Jay-Z em miniatura!

– FALA LOGO! – eu já chego falando, dando risada.

HA-HA-HA

Ela passa um zíper imaginário pela boca e me estende o celular dela. Antes de desbloquear o aparelho – eu sei o padrão de senha dela e ela sabe o meu – noto que a tela ainda está quebrada de uma queda que ele sofreu durante a semana, na escola.

– Ué, você não ia consertar?

– Ah, até ia – a Sol começa, levantando os ombros –, mas, sabe, me apeguei nesse aí. GOSTO DELE DESSE JEITINHO, mesmo rachado.

– ENTÃO, TÁ. – Eu rio, olhando para a tela, finalmente.

Paro de rir no mesmo instante quando vejo o que está escrito nela.

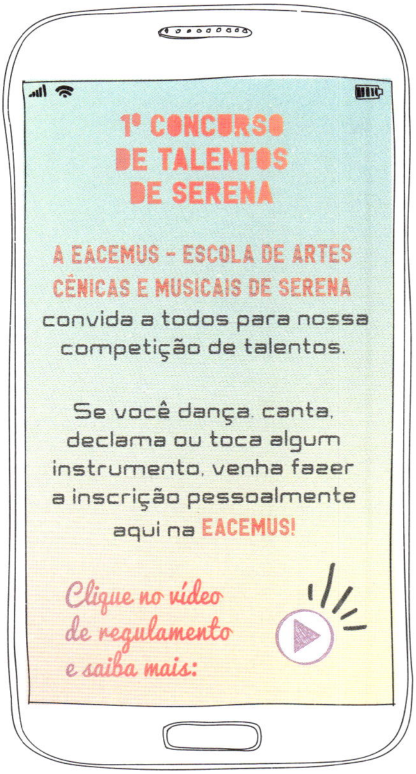

– Nem morta! – eu digo. – Sou tímida pra caramba!

– Miga, dá play no vídeo, vai...

– SOLANGE!

– Aff, você só me chama assim quando tá brava!

– E tô! Você sabe que eu morro de vergonha. Como eu poderia participar de um negócio desse na frente de toda a cidade?

– UÉ, METENDO AS CARAS.

– Você, que é toda cara de pau, que deveria ir!

– Mas eu vou! – a Sol diz, rindo. – Só que você vai **TAMBÉM**. Vê o vídeo de regulamento, pode se inscrever em dupla!

DEI O PLAY NO VÍDEO. Era uma voz bonita que narrava a propaganda do concurso, e as imagens mostravam as belíssimas instalações da EACEMUS. Já tinha entrado lá uma vez, no teatro da escola, quando era bem pequena. Acho que assisti a uma encenação de *A Pequena Sereia*, se bem me lembro. Era um sonho estudar lá, mas meu pai sempre me disse que a mensalidade deles era caríssima. Por isso, quando o narrador da propaganda disse que o vencedor ganharia uma bolsa integral na escola, fiquei bem surpresa.

A voz falava das regras, mas, sinceramente, eu estava muito nervosa para prestar atenção. Só sei que uma hora ele disse:

E você vai ter a chance de conhecer o jurado do concurso: eu!

E eu pensei comigo: "Grande coisa, quem quer conhecer o jurado?".

Aí a câmera cortou para o **ZACK STONE**. Ele estava acenando para mim.

Depois eu não lembro mais nada porque eu **DESMAIEI.**

3

Uma "pedra" no caminho

Tá, eu não desmaiei de verdade, mas juro que vi uns pontinhos brancos na minha frente e minha pressão deu uma leve caída. Desculpem o drama!

É que eu nunca pensei que teria a chance de ver o Zack, ainda mais aqui, neste fim de mundo que é Serena! Como assim?! Será que é um sonho? **DESCE DA NUVEM, GIORGIA!** Eu não parava de questionar se aquilo não era só uma propagandinha, e que, na verdade, ele nem viria até aqui para o concurso.

Em todo caso, claro que eu iria me inscrever. A Sol me mataria se eu não o fizesse. Entre morrer de timidez e morrer pelas mãos da melhor amiga, **SOU MAIS A PRIMEIRA OPÇÃO!**

Saímos que nem duas loucas pela rua. A Sol praticamente me arrastava pelo braço para irmos mais rápido. Era sábado, fazia uma tarde bonita, e ela resolveu pegar um atalho para chegarmos à EACEMUS, antes que fechasse, às 16h – o atalho consistia em cortar pelo centro da cidade, passando pela pracinha central. Toda cidade de interior tem uma, com igrejinha, uma sorveteria, banquinhos de concreto e velhinhos conversando.

ATÉ AÍ, PROBLEMA NENHUM, CERTO?

ERRADO!

Na minha cabeça, eu já sabia que um dia bonito significava presenças desagradáveis na praça. E falei do meu medo para a Sol:

– Tô achando que vai ter um pessoal chato agora lá na praça... Vamos voltar e pedir uma carona para sua mãe, vai...

– Agora já foi! – Sol disse, segurando minha mão com mais força caso eu tentasse fugir. – Até a gente ir, já vai ter dado o horário, depois só vai dar para se inscrever na segunda... e eu sou ansiosa, não vou aguentar esperar até lá!

– Mas e se a Isa estiver por lá?

– AI, AI... VOCÊ ESTÁ COM MEDO DA MALAISA DE NOVO?

Não era bem medo. Porém, sabe quando existe aquela pessoa que te faz mais bem quando está **LONGE?** Essa é a Isabela, ou MalaIsa, como a Sol costuma chamar. Nada mais é do que uma junção fofa de "**MALA**" com "**ISA**", porque ela era uma grande mala sem alça mesmo.

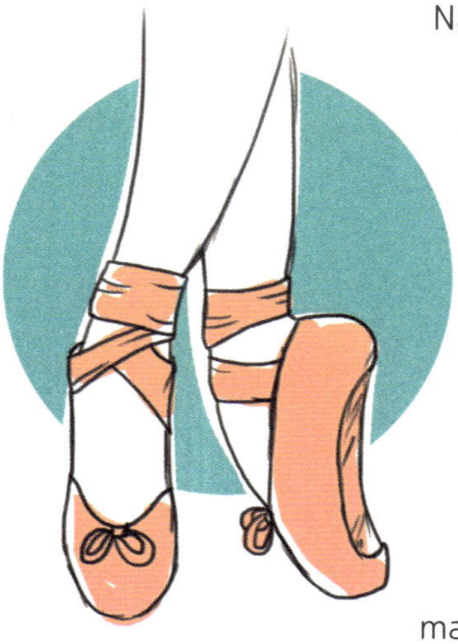

Na verdade, ela já foi uma das minhas melhores amigas. Ela é linda, tem uma boca naturalmente vermelha que parece que está sempre de batom, é toda popular e **SABE DANÇAR COMO NINGUÉM.** Quando tínhamos seis ou sete anos, ela vivia na minha casa, e nossas mães sempre se falavam – ainda que a mãe da Isa tivesse um nariz empinado e sempre fizesse comentários maldosos e cínicos para a minha mãe. Mas ela nem via tanta maldade nisso, porque minha mãe sempre vê o lado bom das pessoas. O problema é que a Isa também se parecia um pouco com a mãe dela. Ela sempre teve mais dinheiro do que eu, já que a família dela era meio que rica... **DIGO, AINDA É!** Cada dia mais rica, para falar a verdade. Viajam para a Europa como quem vai ao sacolão fazer compras.

E ela sempre gostou de exibir as bonecas novas, o celular novo, as roupas novas... e eu ficava feliz por ela, sabe? Adorava ver a Isa feliz com as coisas que ela ganhava, mas ela parecia sentir prazer ao perceber que eu não podia ter as mesmas coisas. Adorava fazer piadinha comigo do tipo:

"VOCÊ É A MINHA MELHOR AMIGA POBRE".

No começo, eu achava engraçado... **QUE BURRA QUE EU ERA!**

Até que, quando fiz doze anos, em uma festinha de aniversário, ela chegou fazendo esse tipo de piada, e ainda dizendo que eu era dura demais para dançar, que ela seria bailarina da Katy Perry um dia. Aí eu percebi que nós tínhamos uma amizade tóxica, eu era apenas motivo de piada para ela se sentir a engraçada e querida na roda de amigos. Enfim, foi meio difícil cortar a amizade, mas fui me afastando aos poucos. Ela ainda fala de mim pelas costas, me cumprimenta com cara de nojinho na escola e adora me alfinetar sempre que possível. Inclusive, **ELA JÁ FOI A UNS TRÊS SHOWS DO ZACK** – detalhe: a maioria fora do estado – e ela sempre dá um jeito de dizer isso para as minhas amigas com cara de tédio, para mostrar que a realidade dela é assim mesmo, cheia de viagens e aventuras.

E é por isso que eu queria evitar a praça. Sabia que a Isa estaria lá, dançando com seus amigos mais velhos. E de longe eu percebi que estavam mesmo.

Eu não sou orgulhosa e tenho que admitir: **A ISA DANÇA MUITO!** Desde pequena. Eu tentava acompanhar minha amiga, mas nunca foi minha praia. E de longe vi que ela estava toda **SWAG** no meio de uma roda de meninos e meninas, dançando uma música da Anitta. "Que bom", pensei. "Ela vai estar distraída e não vai nos ver cortando caminho".

ENGANO MEU.

OMG

– **EI, VOCÊS DUAS!** – gritou uma voz estridente. A música parou, eu também. A Sol, inclusive, quase falou um palavrão. Eu só tremi. – Iam passar direto, né? **OLHA AQUI QUE EU TÔ FALANDO!**

A Isa estava vindo em nossa direção. As pessoas deram o *play* no som novamente, mesmo assim, ela vinha acompanhada de outras meninas mais velhas.

– **OI, ISABELA** – eu disse, sem muita intimidade.

– Nossa, você está tão descabelada – ela comentou, tentando diminuir o próximo, como sempre. Cruzou os braços, nos olhando com os olhos apertados. – E você também, Sol. Já eu, por exemplo, **HOJE EU ACORDEI RADIANTE.**

Odiava quando Isa falava isso, e o pior é que ela sempre falava.

– Onde vocês estão indo com tanta pressa? – Isa perguntou.

– Ué, estamos caminhando – disse Sol, dando de ombros.

– Sei... – Isa olhou para as amigas, entortando as sobrancelhas. – Eu acho que vocês não querem me contar, na verdade.

Eu até abri a boca. Achava melhor falar logo que iríamos nos inscrever no concurso, mas... **E SE ELA RESOLVESSE IR LÁ E SE INSCREVER TAMBÉM?** Seria o meu fim. Adeus sonho de bolsa integral na EACEMUS! Eu não teria chance alguma...

Sol apertou a minha mão com força, o que também podia ser entendido como um "cala a boca, miga".

– Eu já falei para a minha mãe sobre onde estamos indo e dei explicações demais por um dia. – A Sol abriu um sorrisão para a Isa e fez um tchau bem irônico para ela. – E como você não é minha mãe... Fui!

Fui novamente arrastada por aquela força incontrolável que era a Sol, dando um tchau desajeitado para a Isa – porque eu sou trouxa a ponto de tentar tratar bem quem me trata mal –, que começou a cochichar imediatamente com suas amigas.

– SERÁ QUE ELA PERCEBEU PARA ONDE ESTÁVAMOS INDO? – perguntei para a Sol, quando já estávamos longe o bastante da praça, sendo praticamente impossível de sermos ouvidas.

– ACHO QUE NÃO – ela resmungou. – Ai, aquela menina me dá nos nervos. Maaaas, pelo menos, chegamos em tempo à escola!

Logo vi a fachada da EACEMUS, **TODA IMPONENTE E PODEROSA**, com o relógio do lado de fora indicando o horário: quinze para as quatro. Uma grande faixa falando das inscrições para o concurso estava pendurada sobre o portão de entrada, e aquilo me deu um frio na barriga.

Entramos, o lugar estava mais vazio do que eu esperava. Talvez as pessoas já tivessem ido até lá mais cedo. Perguntamos para a recepcionista onde poderíamos nos inscrever, e ela nos apontou para o fim de um longo corredor. Passamos por algumas pessoas uniformizadas carregando cabos e equipamentos de iluminação. Parecia que havia rolado alguma gravação por lá há pouco tempo, e fiquei me perguntando o que seria. Mas continuamos pelo corredor até acharmos a mesinha de inscrições. **COMO EU SABIA?** Tinha um gigantesco:

INSCRIÇÃO PARA O CONCURSO

AQUI

– EU SÓ ACHO QUE DEVE SER ALI – a Sol disse, rindo da obviedade. Nós nos aproximamos da mesinha, onde uma roda de pessoas conversava atrás dela, de costas para nós. Deveriam estar papeando por acharem que não viria mais ninguém faltando tão pouco para a EACEMUS fechar. Dou uma tossida estratégica para mostrar que estávamos ali, e uma moça se vira para mim.

– Oi, lindinha! Desculpa, não tinha te visto. Inscrição?

– IMAGINA, NÃO TEM PROBLEMA! Sim, gostaria!

– Vou pegar um formulário aqui para você – ela diz, abaixando-se atrás da mesa. – Onde será que eu coloquei...?

– EI, DEIXA QUE EU FAÇO A INSCRIÇÃO DELA! – diz uma voz. Uma das pessoas que estavam de costas para a mesa.

É uma voz conhecida.

A mesma voz da propaganda do concurso.

– OI! EU SOU O ZACK! TUDO BEM?

Gaguejei alguma coisa, senti minhas mãos gelarem. Ergo os olhos e lá está ele, com a mão estendida para mim.

4

A tumultuada inscrição

Como se eu não soubesse quem ele era.

Não, não estava tudo bem! Estava em choque. Eu desmaiaria de novo, mas odeio me repetir. Eu me limitei a ficar gaguejando alguma coisa idiota. **AI, MEU DEUS, GIORGIA, DESCE DA NUVEM E VOLTA PARA A TERRA.** Sol me tirou do estado de transe em que eu me encontrava. Ela se adiantou e agarrou a mão do Zack com firmeza.

– Oi, eu sou a Sol! Prazer! Essa é a Giorgia, ela está meio em choque porque... hmmm... ela é meio que maluca por você. Eu também sou, mas sou mais controlada! A gente não esperava que você estivesse por aqui, sabe? Então, se você aguardar uns segundinhos – ela se vira para mim e fala bem na minha orelha –, A GIORGIA JÁ VAI VOLTAR AO

NORMAL, TÁ? – Zack riu. Eu não sabia se de mim ou para mim, mas ele estava rindo. Enquanto isso, uma das pessoas que conversava com ele veio para o meu lado, com uma câmera Instax pendurada no pescoço, e começou a tirar fotos de nós três.

– Vou aproveitar e usar as fotos na divulgação, Zack – disse a fotógrafa. Fui bombardeada por *flashes* e ficando cada vez mais tonta. – VAI FICAR DEMAIS, BEM MAIS NATURAL do que encenar uma inscrição! Podem ir conversando, finjam que eu nem estou aqui.

UM POUCO DIFÍCIL AGIR NATURALMENTE, EU DIRIA.

Zack puxou a cadeira e sentou, com a ficha de inscrição na frente dele. Eu estava tão chocada que devo ter passado uns bons segundos só encarando o furinho no queixo dele e o padrão xadrez da camisa que ele estava vestindo. Eu queria memorizar cada detalhe dele, até o mais bobo. Era oficial, eu não ia descer da nuvem **TÃO CEDO!** Pode me chamar o quanto quiser, planeta Terra.

– Muito bem, acho que preciso trabalhar, então! – ele disse, dando uma piscadinha e batendo com a caneta no formulário. – Vamos lá, seus nomes. Giorgia e... Sol?

– É SOL DE SOLANGE! – minha amiga disse, soando um tanto grossa de tão empolgada que ela estava. – Mas quem vai cantar é a Gio! Eu só vou tocar, tenho voz de taquara rachada.

– Ok, ok! – Ele riu. – E vocês vão fazer o quê? Covers? Vocês podem apresentar até três números!

– São... covers – eu disse, emendando com uma risada pavorosa. Tentei agir naturalmente e pareci uma vilã de desenho animado.

– AH, LEGAL! – Zack exclamou, anotando na ficha. – E DE QUEM?

– Ainda estamos em dúvida – a Sol disse, fazendo uma careta para mim. – Precisamos decidir agora?

– Não, acho que não. – Ele olha para trás, pedindo apoio do funcionário da EACEMUS. – Me ajuda aqui, eu sou novo neste emprego!

Todo mundo riu, menos eu. O transe estava passando, mas eu ainda estava delirando. Abri a boca e disse algo completamente por impulso. Quando notei, já tinha saído.

– UMA DAS MÚSICAS É SUA.

O Zack virou para a frente e me encarou. Parecia realmente surpreso.

– Wow! sério?!

– GIORGIAAAAA!!! – A Sol gritou, entredentes. – Nós ainda nem ensaiamooooos...

– Sim, é sério – eu disse, conseguindo sorrir mais calma. – E também tenho uma música minha, **QUE EU MESMA ESCREVI.** – Olhei para a Sol. – **AQUELA** que você fez o arranjo, lembra?

– Eu não – ela falou, porém, eu apertei a boca e ergui as sobrancelhas o máximo que pude. Então, Sol começou a balançar a cabeça aos poucos.

– AAAAAAH! ÉÉÉÉÉ... Verdade! Sim! Compusemos! Juntas! Somos tipo um Jorge e Mateus, só que na versão feminina... Digo, não tocamos sertanejo, mas é que, olha, funcionamos muito bem em dupla.

– Poxa – o Zack parecia realmente impressionado –, é difícil alguém vir com algum som próprio em um concurso de talentos! E ainda mais sabendo que vocês também querem fazer um cover meu... Eu me sinto lisonjeado e curioso, meninas! Quero ver isso!

– Ouvir! – eu disse.

Todo mundo olhou para a minha cara e eu percebi a besteira que tinha feito. Eu queria morrer rapidinho: eu corrigi o meu ídolo! Não acredito que fiz isso! **OK, NUVENZINHA DA MINHA VIDA, VOCÊ JÁ PODE ME LEVAR DAQUI.**

– Digo, ver e ouvir. – Tentei consertar, enquanto meu rosto esquentava. O Zack pareceu achar graça, dando uma risada bem vaga.

– Isso! Ver e ouvir! – ele disse, rindo. – Acho que estamos um pouco atrapalhados aqui.

Estamos? Não liguei para o resto da frase. Eu e o Zack **ESTÁVAMOS ALGUMA COISA JUNTOS.** Quando eu ia imaginar que isso ia acontecer comigo? Quando eu imaginaria que aquele sábado se tornaria um... sonho?

– Zack, temos gravação na capital à noite e temos que pegar estrada – disse uma moça atrás da mesa, olhando para o celular. Devia ser a agente ou a empresária dele.

– Nossa! Verdade! – ele disse, olhando para nós duas. – Assinem aqui, meninas. – Eu mal conseguia segurar a caneta e a prancheta. A emoção era tanta que assinei o papel com uma letra terrivelmente trêmula. – Bom, foi um prazer conhecer vocês, meninas! Ei, vamos tirar uma foto, nós três!

Zack acenou para o fotógrafo e veio para a frente da mesa. Ele me abraçou por cima dos ombros com o braço direito, e no outro abraçou a Sol. Fiquei imóvel, tinha medo de me mexer e estragar tudo... Não sei como, mas vai que eu piso no pé dele? Vai que quebro um dedo dele?! **VAI QUE ELE CANCELA A PRÓXIMA TURNÊ POR MINHA CAUSA?!**

Enquanto eu pensava uma tonelada de besteiras, pelo menos dez fotos foram tiradas. Mais tarde eu descobriria que saí em todas com uma cara de desespero e descrença, que só me faria pensar em como eu era muito boba. Mas eu estava paralisada!

Antes de ir embora com a equipe dele, **ELE ME DEU UM BEIJO NO ROSTO.**

– Nos vemos em breve!

Fiquei plantada em frente à mesa vendo o Zack ir embora pelo corredor, bagunçando o próprio cabelo – era um tique nervoso que ele tinha, inclusive nos shows. Só me mexi quando a Sol me chacoalhou e me puxou pela mão.

– Tão fechando a EACEMUS, miga! Acorda! Ou como você mesma sempre diz: **DESCE DA NUVEM!**

Acordei. Mas não queria descer da minha nuvem, não.

5

Bloqueio criativo

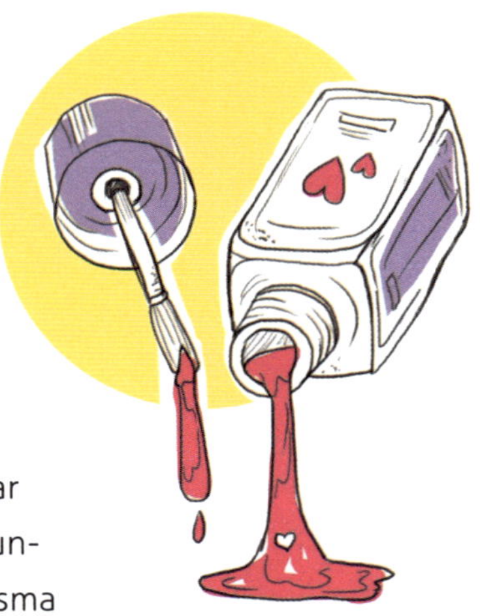

– Não adianta ficar desesperada agora! – a Sol dizia, pintando as minhas unhas. – Se você não parar de tremer, eu vou pintar até os seus cotovelos, **FICA QUIETA!**

– Por que eu fui falar que ia tocar uma música dele?! – eu me perguntava pela trigésima vez. Já faziam dois dias desde a inscrição, e a Sol veio até minha casa para pintar minhas unhas e eu as dela, nosso ritual de segunda-feira. E eu estava há dois dias fazendo a mesma pergunta. **– EU NÃO SEI POR QUE FALEI AQUILO! SIMPLESMENTE SAIU DA MINHA BOCA!**

– Hmmm... – Sol resmungou, concentrada. – Bom, acho que você queria agradá-lo, não?! Acontece... Mas, na real, nem acho que essa foi a pior parte, sabia?

– Qual foi a pior parte, então? Foi o fato de eu ter ficado com a cara de quem viu um fantasma?

– Não. É o fato de você ter falado que ia tocar uma música própria.

Eu tinha me esquecido disso. Voltei a tremer.

SOCORRO!!!

– Agora já foi. Grande mentira, mas ainda temos tempo de transformar isso em uma verdade. Me dá a outra mão!

Eu queria roer minhas unhas com esmalte e tudo, mas me contive para não estragar o trabalho da Sol. A verdade é que eu poderia roer a quina da minha penteadeira ou da mesa da cozinha, de tão nervosa que eu estava.

– Você vai me ajudar, né?

– QUE PERGUNTA. CLARO QUE SIM! Sou sua amiga e sua dupla no concurso. A parte do arranjo, pode deixar comigo, me garanto. Agora a letra...

– O que tem a letra?

– Gio, eu nunca fui de escrever poesia, rima, coisa e tal, né? Eu me entendo com instrumentos, não com as palavras. A letra é você quem vai precisar escrever.

Sei que ela estava tentando me acalmar, mas só fiquei mais apavorada. Eu nunca havia escrito uma música! Tinha, sim, feito poeminhas bobos, coisa de adolescente quando pensa que está apaixonada – mas que depois descobre ser só um encantozinho passageiro. Mas não creio que qualquer um deles tivesse potencial para ser uma letra de música. Só de pensar no Zack me ouvindo cantar alguma das minhas anotações tão secretas de meu diário... aquilo me deixava **MORTA FEAT. ENTERRADA DE VERGONHA.**

Terminamos nossas unhas, e a Sol tinha algum compromisso com a família no fim da tarde. Depois de ela trocar algumas palavras com a minha mãe e dar um beijo estalado na bochecha da minha irmã, ela parou à porta e disse:

– Aproveita e para um pouquinho para pensar em uma letra. **O CONCURSO É DAQUI UM MÊS!**

Pronto. A Sol tinha colocado uma bomba-relógio na minha cabeça.

Voltei para o meu quarto, tentando ficar sozinha para limpar a minha mente. Mas só conseguia prestar atenção no som que vinha da TV da sala – era a Marcela assistindo a Galinha Pintadinha... E aquilo não era exatamente a melhor inspiração para a minha letra. Já pensou chegar no dia do concurso e encerrar a minha apresentação vestida de, sei lá, Coelha Giorgia, cantando uma música que fala sobre como as cores e as formas são importantes?

Peguei meu caderno e fui dar uma volta para me inspirar.

Sentei em um dos bancos da pracinha, de frente para a igreja. Ela estava tranquila, com um casal de velhinhos jogando milho para os pombos e uma outra moça passeando com um daqueles cachorros salsichas. **FOFO!**

Fiquei batendo com a caneta na minha própria testa, pensando... Sobre o que eu falaria exatamente?

Comecei a rabiscar algumas coisas. Vinham só umas rimas ruins com amor, dor e flor. **NÃO, BOBO DEMAIS.** Comecei outra, parecia boa, até que percebi que ela já existia. Droga! Que difícil era escrever. Comecei a me martirizar, achando que eu não tinha capacidade para isso.

Mas aí lembrei que há apenas dois dias eu sequer imaginava que teria coragem de me inscrever em um concurso de talentos. E que, por ter topado a ideia maluca da Sol, eu havia conhecido o Zack Stone – e isso era uma coisa que nem nos meus sonhos mais loucos eu achava que aconteceria aqui, na minha cidade. Ou seja: os desafios poderiam ser assustadores, mas eles sempre traziam alguma recompensa inesperada. E eu adoro surpresas, não havia descido da minha nuvem ainda! Não é todo dia que **ENCONTRAMOS O ZACK STONE, NÉ?**

Quando me dei conta, estava escrevendo sobre como os dias podem nos entediar e nos surpreender. Olha! Era um bom começo! Nem parecia ter saído de mim!

A caneta ganhou vida própria por alguns minutos. Deixei escapar pela ponta dela tudo o que tinha na minha cabeça, incluindo meus medos e receios. Minha timidez e minha impulsividade que me levavam a prometer coisas malucas quando me encontrava sob pressão. Eu, a caneta e o papel, em uma conversa franca sobre o que eu sentia com um solzinho bom em uma tarde de segunda.

Até que o tempo fechou.

– Fazendo lição de casa na praça?! Eu, hein!

TOMEI UM BAITA SUSTO! O coração quase saiu pela boca. Olhei para trás, e a Isa estava ali, com as mãos contornando as costas, olhando para o que eu estava escrevendo. Há quanto tempo ela estava ali?

– Ah... oi, Ma... Hmmm... Isa... – Fechei o meu caderno com um estalo e quase dando um fora sobre o apelidinho carinhoso. – Não é lição de casa, é só... uns poeminhas bobos.

– HMMM, SEI. SEI.

– E você? – perguntei, me fingindo interessada só para desviar do assunto. Ela estava com roupa de ballet. – Você não deveria estar nas suas famosas aulas de dança, dançando, rodopiando e sei lá mais o quê?

– AH, SIM. ATÉ FUI. Mas minha professora estava passando mal e fomos dispensadas – ela disse.

– Poxa, que pena.

– É. Bom, aí resolvi ir até a EACEMUS.

EPA. ALARME MENTAL, ALARME MENTAL.

Tentei parecer casual, desentendida.

– Ah, que legal! E você foi fazer o que lá, hein?

– Fui me inscrever no concurso de talentos, claro – ela disse, como se fosse a coisa mais óbvia do mundo: Isa, um talento, deveria estar em um show de talentos. – Se você for assistir, conto com sua torcida! Estou ansiosíssima para dançar para toda Serena. E PARA O ZACK STONE, CLARO! E pode esperar que estarei deslumbrante, mais do que o de costume.

Se ela se despediu de mim, eu nem lembro. Só sei que ela foi embora e eu fiquei ali, largada no banco da praça, até começar a escurecer. Acho que comi metade da minha caneta.

6

Amiga, me salva!

gente

ela é muito metida, Gio

como assim, DANÇAR PRO ZACK??

Affff

Convencida d+

@

O ar de arrogância dela

CONTO COM SUA TORCIDA???

Nem sequer passa pela cabeça dela que eu também poderia me candidatar

E pq eu torceria pra ela?

Eu devo ser "simples" demais pra ser amiga dela

Mas sou útil se for pra torcer por ela

Que vontade de derrubar essa menina da nuvem dela

Não liga

Gente egoísta é assim

Mas me fala

Conseguiu escrever algo?

Diz que sim

ñ

POSSO SABER O PORQUÊ

???

quer dizer, até escrevi um pouco

mas a Isa chegou

começou a fuçar meu caderno

fiquei com vergonha e fechei

tá

calma então

um problema por vez

precisamos então escolher um cover do Zack

amanhã depois da aula passa aqui pra ensaiar

qualquer coisa eu mudo o arranjo de alguma música

pra encaixar com tua voz

a gente podia tocar só o instrumental

sim, só que o instrumental SERIA SÓ EU, GIORGIA

muito espertinha

mas vc vai cantar tbm

Eu não posso só assobiar?

Vc não sabe assobiar

Lembra quando vc foi tentar, num jogo de vôlei da escola

E vc acabou cuspindo na nuca do Pietro, do 9º ano?

Ai que vergonha

Lembro

Melhor cantar mesmo

Nada de assobio

Vc é uma amiga muito má

Vc ainda vai me agradecer

♥

7

O vídeo

No dia seguinte, Sol e eu ensaiamos. Se eu disser que não foi tão ruim assim, vocês acreditariam? **SÉRIO!** Ficou bonitinho. Claro que cantar em um quarto, apenas com a sua amiga, é bem diferente de cantar para toda a cidade, mas fiquei contente com o desempenho. Agora eu só teria que lidar com a minha timidez, escrever uma música e não travar na frente do Zack. **FÁCIL!**

Assisti a vários vídeos dele no YouTube, inclusive as apresentações ao vivo. Ele sabia dançar, muito, e aproveitava para fazer isso nas partes instrumentais. **O QUE EU FARIA DURANTE UM SOLO DA SOL?** Ficaria só sorrindo para a plateia? Isso me dava nervoso! Eu queria saber fazer algo para esses momentos não serem constrangedores... Já sei! Barquinhos de papel! Eu sei fazer barquinhos e aviõezinhos!

E balõezinhos! Eu posso fazer uns origamis durante o instrumental e tal...

Hmmm.

OK, IDEIA IDIOTA.

Mas, nessa de não saber o que fazer da vida, o tempo foi passando e o concurso se aproximando. Todos os dias na escola eram uma espécie de terapia do medo, com todo mundo comentando sobre o evento, em como a Malalsa arrebentaria, a presença do Zack... E todo mundo falava comigo sem saber que eu tinha me inscrito, e eu não fazia a mínima questão que soubessem. Sei lá como reagiriam.

– Miga, você tem que tirar isso de dentro de você – a Sol insistia. – CONTA PARA O POVO!

– Não consigo. Eu travo só de pensar!

POIS É.

Mas as pessoas descobriram do pior jeito.

Estávamos no intervalo das aulas. Fui até a cantina comprar um suco de caixinha e, quando me dei conta, todas as pessoas estavam com os rostos enfiados na tela de seus celulares. Até a Sol.

Então, de repente, todo mundo começou a olhar para mim.

Fui até o banheiro olhar se estava com alguma coisa no cabelo, se tinha algo no meu nariz, **MAS NÃO!**

Assim que saí, a Sol praticamente se materializou ao meu lado e me puxou pelo braço, me levando atrás de uma das colunas do pátio, fora do campo de visão da galera.

– Você tem que assistir isso agora!

Nem tive tempo de pegar meu celular e comecei a assistir na tela rachada dela mesmo. Era uma propaganda dizendo que faltava uma semana para o concurso de talentos. Novamente, o Zack narrava a coisa toda, mas, dessa vez, dando as caras desde o início do vídeo.

Tirando a parte que **ELE É LINDO** – disso vocês já sabem –, eu fiquei surpresa com a novidade que ele anunciava no fim da propaganda: uma festa surpresa (que, no caso, não era mais uma surpresa) no dia anterior ao festival, aberta para todos os inscritos, com um *pocket show* acústico do Zack.

Eu tremi. Estava superanimada com aquilo. Vi que os inscritos poderiam levar suas famílias e pensei que aquilo poderia ser bem estranho... **MAS, QUER SABER? EU ESTAVA CONTENTE!** Primeira vez que veria o Zack cantar ao vivo, já que nunca havia ido a um de seus shows na capital.

Então, no final do vídeo, ele dizia:

"É ISSO AÍ, COMPETIDORES! ESPERO VOCÊS PARA ESSA INCRÍVEL COMEMORAÇÃO, SERÁ UMA OPORTUNIDADE ÚNICA!"

E, junto com a voz dele, os nomes dos competidores foram passando na parte de baixo da tela, enquanto rolava uma edição de algumas fotos do Zack trabalhando no primeiro dia de inscrição.

Passou o meu nome e o da Sol como competidoras.

Passou a minha foto abraçada com o Zack, em que estou com a cara de quem viu a **SAMARA** do filme **O CHAMADO.**

Para quem não queria levar isso a público tão cedo, foi uma maneira um pouco traumatizante de contar para todo mundo.

8

A irritante MalaIsa

– Giorgia!

Sabia que isso aconteceria. Era a Isa me chamando na saída da escola. E a voz dela já continha um grande traço de zoação.

Olhei para trás, respirando fundo. A Sol sussurrou um "CALMA, AMIGA" ao meu lado.

– OI, ISA.

MalaIsa parou bem na minha frente, de braços cruzados e um meio sorriso muito maldoso. As várias amiguinhas dela vinham logo atrás, cheias de risadinhas.

HA-HA-HA

– Foi só eu contar para você que iria me inscrever no concurso que você fez o mesmo, hein? Muito original!

– Eu já tinha me inscrito no primeiro dia, Isa – me defendi, contendo a gagueira. – **SÓ QUE EU NÃO CONTEI PARA NINGUÉM!**

– Ah, tá! – ela disse, olhando para as amigas, como se não acreditasse.

– PERGUNTA PARA O ZACK – a Sol disse, invocada, aparecendo ao meu lado para me defender. – Ele estava lá; ele pode provar!

– Verdade – a Isa concordou, e as amigas explodiram em risadas. Ela mexeu rapidinho em seu celular e mostrou um print da foto em que eu estou toda assustada.

– Aqui está a prova!

– Até mandei para o grupo da classe, essa imagem é a sensação do momento. O que me leva à pergunta: vocês vão fazer o que exatamente no show de talentos? Caretas?

Mais pessoas riram. Quando percebi, a escola inteira tinha formado uma roda ao nosso redor, prestando atenção ao que falávamos. Sinceramente, eu queria ser engolida pela terra.

– **QUE PERGUNTA BABACA, ISA** – a Sol disse. Ela era muito mais briguenta que eu. – Além do mais, que coisa idiota vir aqui pressionar a menina. O concurso está lá para quem quiser se inscrever! É público!

– Ah, isso também é verdade! E quer saber de outra verdade? Sua amiguinha sempre quis ser eu! – ela disse, como se eu nem estivesse ali. Ela estava fingindo que eu não existia.

– Menina, pare de ser tão burra! – a Sol explodiu, enfiando as mãos nos cabelos. – A gente já provou que nossa inscrição foi feita antes da sua, não tem essa de imitação!

– **MESMO ASSIM! ELA QUER SER EU E PRONTO. EU SEI QUE EU SOU GATA...**

– Gata? – Sol perguntou, com um tom de descaso.

– Se eu não sou uma gata, não sei o que sou... – O pior é que a Malalsa tinha razão. **ELA ERA MUITO BONITA MESMO.** – E é fato que essa daí sempre quer me copiar.

– Se ela fosse como você, ela jamais seria a minha melhor amiga! – a Sol disse. E, no meio de minha raiva, me senti comovida e com vontade de **ABRAÇÁ-LA.** Mas ela fez isso primeiro, e me levou para fora daquela rodinha de gente curiosa. Isa ficou com cara de ofendida, como se não fosse ela que tivesse começado aquela confusão inútil.

– Obrigada, Sol – eu disse, baixinho, à medida em que nos afastávamos.

– Fica tranquila! Eu tô aqui – ela respondeu, virando para trás por um instante e gritando novamente. – E você tem uma voz irritante, Isa!

GRALHA
arapongal!

Horas mais tarde, enquanto estava praticamente enfiada em um balde de pipoca e assistindo a qualquer filme de comédia na TV, até consegui rir um pouquinho lembrando desse momento. Mas, naquele instante, **EU SÓ DESABEI NO CHORO.**

A grande ideia

Um dia antes da festinha pré-concurso, minha mãe parecia otimista, mesmo com a minha cara de funeral. Eu mal conseguia comer. Ficava o dia inteiro com o fone de ouvido, **ESCUTANDO O ZACK STONE PARA TENTAR ME INSPIRAR.**

Minha mãe começou a me encarar e, como se eu não pudesse ouvi-la, disse ao meu pai:

– TEM ALGUMA COISA ERRADA COM A SUA FILHA, Igor. – Ela sempre fazia esse tipo de comentário quando via algum problema em mim. Eles falavam "sua filha" como se eu fosse apenas de um deles.

– Hmmm – meu pai resmungou, sem tirar os olhos do jornal. Em seguida, começou a me dar uma bronca, desatento. – Ela não está comendo... **FILHA, COME. VOCÊ NÃO PODE...** passar mal...

– Não é só isso, Igor – ela disse, descascando mamão para a Marcela, que, ao contrário de mim, estava com o apetite intacto. – Ela nem está mexendo no celular! Onde já se viu a Giorgia ficar sem digitar quando está com essa cara de emburrada?!

– NÃO TÔ LEGAL, MÃE. É SÉRIO!

– E por que, minha filha?

Dei de ombros. Não era óbvio?

– Não estou segura para cantar. Temos um instrumental para a nossa música, mas não acho que a letra esteja boa. Não estou satisfeita com a minha voz no cover... Já posso parar de falar tudo o que está errado?

– Maria – meu pai disse, virando a página do jornal –, ela está parecendo você antes de apresentar o TCC.

Minha mãe riu. A Marcela também, já que, aparentemente aquela era uma das cinco únicas coisas que ela sabia fazer: rir, comer, dormir, chorar e sujar a fralda. E, muitas vezes, alguns itens aconteciam ao mesmo tempo.

HA-HA-HA

– Do que vocês estão rindo? – perguntei, irritada. **– É SÉRIO! EU TÔ BEM ENCRENCADA!** E não sei o que esses "C" têm a ver com o assunto.

– TCC, menina – minha mãe disse, ainda rindo. – O trabalho de conclusão de curso, que precisamos apresentar no final da faculdade para nos formarmos. Seu pai e eu já namorávamos quando eu estava terminando Administração...

– Naquela época eu já tinha até feito o pedido de casamento, mas ela me disse que eu estava bêbado e não aceitou – meu pai interrompeu, sem nos olhar.

– Porque você de fato estava – mamãe observou rapidamente. – Mas, enfim, eu estava SUPERNERVOSA com a minha apresentação para a banca, e seu pai, que ainda não era seu pai porque nós ainda não...

– Já entendi essa parte! – eu gritei, tampando meus ouvidos. – Vai direto para a parte que importa, mãe.

– Ah, claro! Seu pai me levou para um shopping na capital um dia antes. Naquela época, Serena nem tinha um!

Fiquei sem entender.

– Vocês passearam no shopping de mãos dadas e seu nervosismo passou? **NÃO SAQUEI.** – Apesar de não fazer sentido, aquela imagem me acalmou um pouco.

– Filha, você é linda e inteligente, MAS ÀS VEZES VOCÊ É BEM LENTINHA – papai disse, jogando o jornal dobrado em cima da mesa e se levantando devagar, como quem estivesse se preparando para uma luta. Ele até estalou as costas e os nós dos dedos. – Levei sua mãe para comprar roupas. Ela entrou na faculdade no dia seguinte mais bem-vestida que a reitora! Ela se sentiu tão **PODEROSA! INCRÍVEL! CHIQUE!** Tanto que até perdeu a vergonha na hora de falar na frente da banca e de todos os convidados. **AQUILO FEZ UM BEM DANADO** para a autoestima dela, e vai fazer para você também. Vamos?

Eu pisquei, atordoada. Minha mãe bateu palmas, e a Marcela imitou.

– Adorei a ideia! – ela disse. Eu ainda estava lentinha.

– VAMOS AONDE, GENTE?!

Minha mãe beijou minha testa e fez um carinho muito típico dela nos meus cabelos.

– Te deixar poderosa, incrível e chique, para a festa e para o show!

10

Recarregando as energias

Atendendo ao meu pedido, passamos na casa da Sol para que ela nos acompanhasse. Afinal, nós duas precisávamos combinar o figurino, certo? **ÉRAMOS UMA DUPLA, E ERA ASSIM QUE FUNCIONARIA!**

O que era para ser um dia de aflição, imaginando o amanhã, tornou-se um passeio em família que há tempos eu não experimentava. Família, sim, incluindo a minha melhor amiga Sol – muitas vezes nossos amigos nos conhecem como irmãos, e nada mais justo do que incluí-la na classificação. Tem momentos em que a amizade é uma **LIGAÇÃO TÃO FORTE** como se fosse de sangue.

Enfim, fomos ao shopping. Se você é de uma cidade grande, provavelmente não imagina o shopping, porque o nosso aqui de Serena é bem **PEQUENO** – se você é do interior, deve imaginar o tipo de shopping que estou falando. Ele tem dois andares, sendo que o de cima tem um boliche e a praça de alimentação – onde há umas quatro lanchonetes e uma sorveteria.

Logo na entrada dele, tem uma loja que sempre achei muito linda. Cheia de abajures bonitos, com umas cortinas e... **SAPATOS!** Sapatos, sapatilhas e sandálias muito delicadas. Fiquei olhando, imaginando meus pés em um daqueles sapatos. Tá certo que eu amava o conforto de um bom par de tênis, mas às vezes a gente quer se arrumar, né?

– GOSTOU DE ALGUM DESSES? – minha mãe perguntou, chegando perto de onde eu admirava a vitrine. Assenti com a cabeça.

– **SÃO LINDOS.** Mas são muito caros!

– E que tal um presente de aniversário ultra-adiantado?

Abri um sorriso. Faltava um bom tempo até o meu aniversário, que era só no final do ano... Mas, quer saber? Definitivamente, não me importaria de fazer essa troca!

SÓ TINHA MAIS UM PROBLEMA.

– Obrigada, mãe... Só que talvez fique muito brega eu usar um desses para tocar músicas agitadas e tal. – Virei para a Sol, que estava me olhando com uma sobrancelha erguida.
– Que foi? Não acha que tenho razão? Você tem todo um estilo *rock n' roll*, e eu vou sair pagando de menina delicada?

– MIGA – ela começou, com calma, como se estivesse falando com a Marcela –, amanhã você tem mais é que estar maravilhosa mesmo. No dia do show é outra história!

Eu ri, mas meus olhos deram uma leeeve marejada. Voltei a olhar para as sapatilhas da vitrine, para disfarçar a emoção. Todo aquele esforço da minha mãe e do meu pai, que não ganhavam tão bem assim, só para me deixar mais confiante para o concurso... Se isso não é amor, eu não sei então o que pode ser!

E NÃO ACABOU SÓ NA SAPATILHA, NÃO!

Sabe aquela parte dos filmes onde as garotas vão em uma loja experimentar roupas, até que começa a tocar uma música bem animada e elas experimentam um milhão de roupas fazendo a maior bagunça?

ENTÃO, COLOQUE A MÚSICA QUE VOCÊ IMAGINAR AQUI, PORQUE FOI O QUE ACONTECEU!

11

Acorda, Giorgia!

O Zack terminava o *pocket show* dele. Dedilhou uma coisa suave, agradecendo a presença de todo mundo e desejando uma boa sorte a todos os competidores do concurso de talentos que estavam na festa. Aí, ele parou por um instante, como se apreciasse a plateia pequena, mas agradável.

E, ENTÃO, ELE ME OLHOU.

Piscou, sorriu e disse que dedicava a última música... **PARA MIM!** Eu abri o maior sorriso possível, chorei, e ele me chamou em cima do palco. Fui, nas minhas sapatilhas novas, que eram pretas e com paetê dourado, um arraso. Ele me puxou pela cintura, para perto do microfone, e anunciou, com a boca perto da minha:

– A próxima música eu vou deixar para a Giorgia cantar, certo?

E já começava a tocar.

As pessoas aplaudiram, reconhecendo o sucesso. Os olhos estavam todos voltados para mim: mamãe, papai, Sol, Isa... **EPA,** ela me olhava com ódio, me fuzilando com os cílios compridos como os de uma boneca! Mas, fazer o quê? O Zack havia me chamado, e nada iria acabar com a minha felicidade!

Abri os lábios para cantar, me sentindo mais segura do que nunca.

E SAIU O SOM DE UMA BUZINA DE CAMINHÃO.

?!

Tapei a boca, desesperada. O que estava acontecendo?!

O Zack interrompeu a música, me encarando, assustado.

As pessoas riam. Isa, então, ria mais alto que todo mundo. Até meu pai ria, apontando para a minha cara! Como ele podia fazer isso?!

Ainda chorando, fui pedir desculpas ao público e dizer que poderíamos começar de novo, mas aí saiu da minha garganta **O SOM DE UM GALO GRITANDO**, bem desesperado.

Tapei a boca de novo.

O Zack olhava para mim, aterrorizado, balançando a cabeça.

Então, vi aquela boca perfeita formar as palavras lentamente:

— Nunca vi uma voz mais desafinada, Giorgia!

Acordei gritando, assustada.

Nem buzina, nem galo. Era a minha voz mesmo.

Naquele sábado, acordei completamente assustada com o meu pesadelo. **SENTIA COMO SE ELE FOSSE UMA PREMONIÇÃO** de algo que estava para acontecer, e não apenas uma manifestação dos meus medos. A festa seria à noite, em um dos espaços de formatura mais chiques de Serena, e o concurso, no dia seguinte, seria no próprio teatro da EACEMUS – que era um lugar incrível, com equipamentos de iluminação de primeira.

Estava tão estressada que fui brincar um pouco com a Marcela, cantando uma música infantil. Fiquei aliviada em perceber que a minha voz não era como a buzina de um caminhão, e que ela não estava chorando – ou seja, eu não devia estar soando tão horrível assim.

Passei o começo da tarde na casa da Sol, rabiscando palavras em meio a inúmeros papeis. Ainda não tinha chegado à melhor letra possível para a nossa música própria, mas a melodia estava bem legal.

Então, fomos ensaiar. O cover do Zack estava "ok" ao meu ver, com um arranjo para violão, e a outra música era **ONE LAST TIME, DA ARIANA GRANDE.** Essa era a que eu estava mais segura, talvez porque eu tenha seguido bastante a original, que era perfeita.

– Foi legal hoje! – a Sol comemorou, colocando o violão de lado e tomando um gole do suco que a mãe dela tinha trazido para a gente. – Amanhã de manhã passamos mais uma vez antes do concurso, fechou?

– Sim, claro – concordei, pensativa.

– O que foi? Conheço essa cara!

– Ah, é que... nada. **DEIXA PRA LÁ!**

– **FAAAALA, MENINA!**

Respirei fundo.

– Não sei, talvez eu não tenha escrito a melhor letra do mundo.

– Gio, se você pudesse escrever "A MELHOR LETRA DO MUNDO", nós não estaríamos em um concurso de talentos. Estamos começando, um passo de cada vez!

Essa era a Sol, capaz de dizer coisas boas sem tirar os pés do chão. Eu ainda tinha muito o que aprender com a minha amiga.

– Talvez a festa de hoje te inspire, e você possa acordar com alguma ideia para mexer na música – ela sugeriu. – Ver o Zack ao vivo em um show para poucas pessoas vai te deixar energizada, tenho certeza!

Eu também. Mal conseguia me conter. Não sei se era algo normal, mas me sentia mais empolgada com aquela festa do que com o concurso: para ele, eu estava apavorada, aflita. A festa me dava um nervosinho apenas, como se não me exigisse tanta responsabilidade.

AÍ LEMBREI QUE TERIA QUE ESTAR LINDA E PRODUZIDA.

Pronto, agora fiquei nervosa para a festa também.

12

O pré-show do concurso

– Onde está minha filha e o que você fez com ela?

Esse era o seu Igor, meu próprio pai, quando me viu saindo do quarto com o vestidinho novo e a sapatilha preta com paetê dourado, os melhores presentes de aniversário adiantado. Eu me maquiei com um tutorial do YouTube e, modéstia à parte, **TINHA FICADO PROFISSIONAL!** Jurei para mim mesma que divulgaria para sempre aquele canal por ter me ajudado nessa hora de desespero.

Papai veio me abraçar, dizendo que eu estava linda.

– CUIDADO PARA NÃO TIRAR MINHA MAQUIAGEM – gritei, rindo. Mamãe também estava lindíssima, e a Marcela estava parecendo uma bonequinha, com vestidinho e um chapéu fofo.

A campainha tocou, e fui abrir a porta. Era a Sol. Ela e sua mãe passaram em casa para nos dar carona, pois tinham um carro grande. E como a minha amiga estava linda, mais do que já era! **PARECIA A PRINCESA TIANA**, mas com o cabelão solto e umas estrelinhas ao redor dos olhos, contrastando com a pele.

O Rick, irmãozinho dela, estava no carro, todo arrumadinho e todo marrentinho. Beijei o meu rapper mirim preferido e perguntei pelo pai da Sol para dona Lurdes.

– Ele vai nos encontrar lá, meu amor! Tinha que levar o Fred para passear, senão ele comeria o sofá de casa enquanto estivéssemos fora. Não dá para deixar o bichinho trancado! – ela falou, meio distraída, até que me encarou. **– NOSSA, VOCÊ ESTÁ LINDA!**

Fomos contentes para a festa, falando alto e rindo muito.

Quando chegamos, a frente do lugar estava lotada de pessoas – principalmente meninas. A maioria delas não tinha convite, e estava segurando cartazes de **EU ♥ ZACK** e coisas do tipo. Imaginei que isso aconteceria – Serena tinha muitas fãs dele, e aquela era uma ocasião especial. Deveria ter gente acampando no hotel em que ele estava hospedado.

Dona Lurdes deixou a chave do carro para um moço arrumadinho estacioná-lo. Ficamos um bom tempo em frente à casa de festas, conversando e cumprimentando conhecidos. Vários amigos que descobriram tardiamente que Sol e eu havíamos nos inscrito no concurso nos davam os parabéns, mas, ao mesmo tempo, eu também notava uma certa dúvida no olhar e na fala de alguns deles, do tipo "QUAL É O SEU TALENTO?". Aparentemente, se você não sai anunciando nas redes sociais o que você sabe fazer, então, você não faz.

Então, com um burburinho crescente, uma limusine virou a esquina, vindo em direção à festa. Preta, de vidros escuros, imponente! As fanáticas pelo Zack começaram a correr na direção dela, gritando "É ELE, É ELE!"

– UAU! – exclamei, dando uma cotovelada amigável na Sol. – Que estilo para chegar, hein?

– Verdade – ela disse, impressionada, olhando para as pessoas que pegavam o celular para tirar fotos. Alguns seguranças da casa de eventos foram até o carro, cortando a multidão que havia se formado ao redor da limusine.

A porta começou a se abrir. GRITOS HISTÉRICOS!

E depois, um silêncio instantâneo caiu sobre todo o pessoal.

– O que tá acontecendo? – perguntei, tentando enxergar no meio de tantos cartazes e cabeças. Sol, que era mais alta que eu, pareceu enxergar primeiro.

– NÃO ACREDITO – ela disse, movimentando a cabeça. – Realmente não acredito que ela fez isso.

Comecei a abrir a boca para perguntar do que ela estava falando, até que testemunhei com meus próprios olhos.

Jogando uma echarpe prateada por entre os braços e descendo da limusine com um salto que a deixava mais alta que todos ao redor, **LÁ ESTAVA ISABELA.**

– QUÊ?! – perguntei, meio rindo e meio incrédula. **– PRECISA DISSO?!**

– QUE EXAGERO! – minha mãe disse, atrás de mim. A mãe da Sol também parecia inconformada com todo o luxo.

– Pensei que era o menino cantor que elas amam!

Mário, o pai da Sol, chegava pela calçada, abotoando um blazer e olhando para a mesma direção que nós.

– Oi, meninas! Desculpem o atraso! QUEM É A PERUA NA LIMUSINE?

Nem eu, nem Sol sabíamos o que responder naquele momento.

13

Conto de fadas?

Além do salto, da limusine e do vestido preto brilhante de paetês, Isa descia da limusine com suas melhores amigas da escola e do grupo de dança – que eram todas ultraparecidas, de tão plásticas que eram – e todas elas vestiam jaquetas brilhantes com o escrito **"TEAM ISA"**. Ela estava transformando o concurso numa espécie de batalha de fandoms: mas, no caso, só ela concorreria, pois ninguém estava naquele espírito.

Ela veio rebolando em nossa direção, como se fosse uma mulher muito mais velha – pelo menos, ela estava tentando demonstrar isso – e acompanhada por suas... ¡SETES? Eu não sabia como chamar a equipe dela. Ela parou em nossa frente e sorriu, superforçada. As outras meninas que estavam com ela nos olhavam feio por cima dos ombros dela.

– Ooooi, meninas. Como vocês estão... – ela nos olhou dos pés à cabeça, fazendo uma careta quase imperceptível – ...ARRUMADINHAS.

– Obrigada. Você também está bonita – eu disse, querendo manter a educação.

– HOJE EU ACORDEI RADIANTE! – ela respondeu com a frase que mais me tirava do sério.

– Bom, estamos entrando já... – Eu só queria me afastar dela.

– Ah, ainda não deve ter nada acontecendo lá dentro – ela emendou, espiando a câmera do celular para ver se a maquiagem ainda estava intacta. – Eu ia chegar mais tarde, mas aí a limusine chegou em casa um pouco antes e resolvi vir de uma vez.

– E você vai sempre assim para a escola? Nesse carro? – a Sol perguntou, com um sorriso amarelo. – NUNCA REPAREI!

– Não, querida. A limusine não é minha, mas meu pai alugou por esse fim de semana para que eu já fosse me acostumando à fama e ao estrelato. Talvez – ela fez uma pausa e colocou um dedo com unha postiça no queixo, numa falsa imitação de "estou pensativa" – eu até chame o Zack para dar uma volta depois da festa de hoje. Queria conversar com ele sobre alguma parceria. E TALVEZ ALGO MAIS ACONTEÇA, CLARO!

Ela jogou a cabeça para trás rindo e se afastou com suas meninas – uma delas me deu uma ombrada ao passar.

– Sabe – comentei, abismada –, eu pensei que esse tipo de comportamento fosse exclusivo de **VILÃS DE FILMES ADOLESCENTES DA DISNEY** e coisas do tipo.

– A cada dia fico mais surpresa – Sol comentou, enquanto minha mãe se aproximava, segurando a Marcela.

– Filha, já vou entrar porque eu preciso trocar a fralda da sua irmã! Você vem?

Quase falei para ela usar o banheiro da limusine – porque, do jeito que aquele carro era grande, com certeza devia ter um trocador lá dentro, além de uma banheira e uma churrasqueira. **E QUEM SABE UM AEROPORTO.** Resolvi me conter.

– Vou esperar um pouco mais por aqui, mãe. Tomar um ar antes de entrar. Podem ir!

– TÁ BOM! ATÉ JÁ!

Sol ficou lá comigo, sem dizer absolutamente nada. Ela também estava achando que a concorrência seria um tanto desleal na competição. Era capaz da família da Malalsa contratar torcida organizada e cheerleaders para a apresentação dela. **E NÓS?** Duvido que alguém fosse torcer por duas garotas como nós com tanta empolgação quando uma das concorrentes tinha sua própria equipe e até uma limusine.

Então, um táxi chegou, parando logo atrás da limusine. Ficamos observando, para ver se conhecíamos quem estava chegando.

Primeiro desceu uma moça familiar. Depois, uma segunda pessoa, que conhecíamos muito bem.

Sem todo o exagero de Isa, Zack descia do táxi, agradecendo ao motorista. **SIMPLES, NORMAL!** A moça – segundos depois eu havia me lembrado – era a agente dele, que eu tinha visto no dia de minha inscrição.

Nenhuma de nós duas disse nada, apenas ficamos observando nosso ídolo chegando como uma pessoa normal, sem frescuras. Ele passou olhando para a limusine com uma cara engraçada, meio rindo e meio sem entender, e então se encaminhou com a sua agente para dentro da festa, sem que toda aquela multidão que esperava por ele percebesse que o cantor havia chegado, passado e entrado tranquilamente.

– A Isa precisa aprender uma lição de humildade – a Sol murmurou, tão embasbacada quanto eu.

– *Urgentemente!*

A FESTA CORRIA BEM, apesar do começo tumultuado. Nossas famílias estavam se divertindo, a música era muito boa e a comida... **UAU!** Eu queria mergulhar naquele monte de docinhos!

Então, nos preparamos para o *pocket show* do Zack. Nós nos sentamos em duas mesas, uma para a minha família e outra para a da Sol. Apesar de uma estar pertinho da outra, nossos pais deram um jeitinho de melhorar ainda mais a comunicação e arrastaram uma das mesas, juntando-as, sem nem pedir ajuda para o garçom. "**ELES AINDA ME MATAM DE VERGONHA**", pensei, rindo.

Já a **MALAISA** estava com os seus amigos e parentes bem na frente do salão, quase colada no palco. Ela tirava dois milhões de selfies por minuto – e em todas fazia um bico de pato bem engraçado.

Não demorou muito e as luzes do palco se apagaram, exceto uma sobre um banquinho e um suporte para violão. Aplausos e assobios animados vinham de toda a plateia – menos de mim, porque eu não sei assobiar. Zack entrou todo sorridente, curvando-se em direção ao público, ao mesmo tempo em que pegava o violão.

Bom, vou poupar vocês **DO MEU ATAQUE DE FÃ**, cantando todas as músicas loucamente e tentando não gritar muito, já que era um show mais intimista, só voz e violão... **E QUE VOZ!**

Sabe, depois de vê-lo chegando sem todo o luxo esperado, eu enxergava ali no palco uma pessoa simples e humilde que não deixava a fama subir à cabeça. Se algum dia eu chegasse a ter um décimo do talento e da fama dele, guardaria aquela lição. Aquela simplicidade estava sempre presente entre uma música e outra, quando ele conversava com a plateia e dizia estar muito contente por estar ali, naquela noite.

– Existe uma coisa que as pessoas não sabem – ele começou uma certa hora, afinando o violão –, mas eu nasci em Serena. Fui embora bem novinho, **MAS EU SEMPRE TIVE ESSE CARINHO** pela cidade que tem as minhas raízes. Tenho família aqui e fazia tempo que queria voltar para visitá-los, e participar dessa festa bonita que vai ser o concurso é a minha maneira de agradecer à cidade em que nasci e a todos que gostam de minhas músicas. **OBRIGADO!**

Ele começou um de seus maiores sucessos, em um ritmo bem mais lento, e dessa vez não cantei junto, pois estava muito espantada com aquela revelação – e acho que não era só eu. Nenhum site de fãs ou revista jamais tinha dito aquilo sobre o Zack!

E EU PENSANDO QUE CONHECIA O MEU ÍDOLO...

Quando a música terminou, ele colocou o violão de lado e anunciou, arrumando o microfone:

– Galera, vou fazer uma pequena pausa para vocês curtirem um pouco mais a comida e os amigos! Volto em meia horinha para a segunda parte, ok?

Fiquei feliz com a pausa, porque estava achando que o show seria **BEEEEEM POCKET.** Mas ele não seria pequeno de duração, e sim de proporções – o lugar não era muito grande (afinal, ele tocava em estádios) e ele estava tocando sozinho, sem banda. Que experiência incrível! Ter me inscrito no concurso já tinha valido a pena, mesmo se eu desmaiasse no palco e fosse desclassificada. Eu me levantei para ir ao banheiro e me deparei com uma fila imensa de meninas. Pelo jeito, o banheiro era *pocket* também. Vi uma moça de terninho e com cara de gerente da casa passando, e perguntei se tinha outro banheiro lá dentro.

– LÁ DO OUTRO LADO DO JARDIM, QUERIDA! Fica um pouquinho longe, mas deve estar vazio.

Não me importava, acho que ainda assim seria mais rápido. Agradeci e fui lá para os fundos do lugar, que tinha uma saída para o jardim de inverno da casa.

Fazia uma noite bonita, de lua cheia e muitas estrelas. O brilho delas refletia na água em uma fonte no meio do lugar. Com barulhinho de água corrente e tudo. Não fiquei olhando muito, pois eu estava apertada, né? Até corria com as pernas meio juntas, e aquilo só piorava minha vontade.

aaaaaaH!
SOCORRO!

Saí do banheiro me sentindo até mais feliz, e resolvi passar pelo meio do jardim, para dessa vez olhar a fonte de perto. Estava tudo tão silencioso e agradável...

Até que tropecei em algo.

Esse algo era alguém.

E EU CAÍ SENTADA NO COLO DESSE ALGUÉM.

– **AAAAAI, CARAMBA!** – exclamei, tentando me levantar. Quem era o idiota que ficaria sentado de pernas cruzadas no caminho para uma fonte num jardim mal-iluminado?

– **NOSSA, FOI MAL!** Culpa minha por ter ficado aqui no seu caminho – disse o alguém, tentando se levantar e me colocar de pé ao mesmo tempo. O celular dele estava no chão, a tela acesa, a maior confusão. – Você está bem?

Brava, olhei para o rosto dele para dizer qualquer coisa. Quando me dei por conta, eu vi:

ERA O ZACK.

(PORQUE VERGONHA POUCA É BOBAGEM!)

– Você se machucou? Onde dói?

"Minha alma e meu senso de vergonha", eu gostaria de dizer. Mas me limitei a murmurar um:

– É VOCÊ MESMO?

Ele riu.

– Bom, acho que sim! Você descobriu o meu esconderijo secreto do intervalo do show – ele brincou, coçando a nuca e parecendo sem-graça. – Desculpa mesmo pelo tombo!

Não! – gritei. Então pigarreei e retomei o tom de voz, tentando me controlar. – Digo, não, de maneira alguma. A culpa foi minha. **E DAS ESTRELAS!** Hahah... quer dizer, eu tava olhando para o brilho delas, e... hahaha!

Meu. Deus. Como eu era idiota...

MAS ELE RIU!

– A noite está bonita mesmo! Seu nome é Giorgia, certo?

Para tudo! **COMO ELE LEMBRAVA?!?!**

– É...

– Eu me lembro bem, eu que fiz a sua ficha de inscrição! Você vai mesmo cantar uma música minha, amanhã?

ELE LEMBRAVA MESMO!

– Se eu sobreviver a essa noite, sim – me peguei dizendo. Ele riu de novo.

– Não se preocupe, eu não vou mais te fazer tropeçar!

Eu queria responder **"MAS SE QUISER, PODE, TÁ?"**, mas me limitei a dar um risinho frouxo. Enfim, reuni coragem para não parecer só uma menininha boba sem assunto.

– Eu fiquei surpresa em saber que você nasceu aqui em Serena – disse, comemorando internamente. Acho que esse era um bom começo de conversa. – As pessoas nunca imaginam que seus ídolos podem ter vindo do mesmo lugar que elas.

– Verdade! Eu ainda acho estranho esse lance de me chamarem de ídolo. – Ele coçou a nuca, com um meio sorriso. – Não sei. ME VEJO SÓ COMO O ISAQUE DE SEMPRE, SABE?

Eu arregalei os olhos. Ele também.

– OPA! Acho que te contei outro segredo!

– TÁ BRINCANDO QUE SEU NOME É ISAQUE?

Eu perguntei, entre o riso e o espanto.

– O quê? Você achou que eu realmente tenho esse nome gringo? – ele riu, balançando a cabeça. – É um nome artístico, ué...

– Pensando bem, parece um nome improvável, mas, sei lá... Vai que sua mãe fosse inglesa com pai brasileiro, sabe? **COISA ASSIM, TIPO KAYA SCODELARIO...**

– Poderia ser – disse ele, considerando a ideia. – Mas vim daqui de Serena, e meu nome é Isaque Rocha. – Ele me estendeu a mão. – Acho que agora precisamos praticamente nos apresentar de ncvo, né?

ISAQUE. ZACK. ROCHA. STONE. Eu nem acreditava.

– Giorgia *Saint*, encantada – respondi, sorrindo, agarrando a mão quente dele.

– SAINT? – ele perguntou. – Tipo Saint-Exupéry?

– NÃO, É SÓ SANTOS MESMO. Eu estava brincando!

Foi a vez de ele ficar vermelho.

– Caí nessa, né?

– Hahahaha, caiu!

Houve um silêncio, mas a festa continuava ao longe, parecendo muito distante de nosso mundo. Aquele instante ali era só meu e de mais ninguém. Encostando na fonte, ele colocou as mãos para dentro dos bolsos da calça, parecendo tão envergonhado quanto eu. Como podia? Eu acompanhei o constrangimento do ar, cruzando os braços na frente do corpo e abaixando a cabeça.

– Bom, você sabe de um segredo meu. MINHA IDENTIDADE SECRETA! Acho que eu mereço saber de um seu.

– Ah, minha vida não tem nada de interessante ou secreto. – Dei de ombros. Zack apertou os olhos.

– Duvido. Pode ser um segredo, um medo... Não me deixa sair no prejuízo, vai.

Pensei por um instante. Na verdade, eu tinha sim o que contar para ele.

– Então, vou te revelar um segredo e um medo. O que acha, Isaque?

– Boa! Manda. – Ele bateu palmas, empolgado. – Sou todo ouvidos.

Me aproximei um pouco mais, a ponto de sentir o perfume dele. Queria perguntar o nome para comprar e espirrar na minha cara todas as manhãs, mas me segurei. UMA VERGONHA POR VEZ! Cochichando, contei meu medo e meu segredo.

– Eu estou apavorada para o concurso e nem consegui terminar a letra da minha música.

Ele entortou as sobrancelhas.

– Sério?

– Sim, é sério.

– E por que não me disse antes?

– BOM, NÃO É COMO SE EU TIVESSE O SEU NÚMERO, NÉ..?

– Não seja por isso...

Zack abaixou-se para pegar o seu telefone, que tinha ficado esquecido na grama depois de eu ter passado por cima dele. Ele estava abrindo a agenda e clicando em "**ADICIONAR NOVO CONTATO**".

– Fala seu número que te mando um "OI" no Whats.

Sem ele perceber, comecei a me beliscar loucamente. Se fosse para acordar, que fosse agora, antes de tudo ficar ainda mais mágico e deixando tudo mais frustrante depois que eu despertasse.

Falei meu número. Ele anotou. No mesmo instante, um "oi" apareceu no meu telefone.

Entrei na agenda. Comecei a escrever "Zack", quando parei e apaguei.

ISAQUE.

Mostrei para ele o nome que havia colocado na agenda. Ele riu alto, jogando a cabeça para trás.

– Boa, boa... Bom, adoraria continuar a nossa conversa, mas tenho que voltar para a segunda parte do show. Continuamos a conversa depois?

Eu queria dizer: **SIM, SIM! POR FAVOR!** Mas me escreve mesmo, pode me chamar a qualquer hora.

O que eu disse:

– Claro! Bom show, estarei lá no meio, cantando tudo.

Ele sorriu e fez algo que me pegou desprevenida: **ME DEU UM BEIJO NO ROSTO.** Nem muito rápido, nem muito demorado. Um beijo cheio e estalado.

SMACK

Fiquei ali, parecendo uma estátua decorativa no meio do jardim, até que soaram os primeiros acordes do retorno de Zack ao palco. Voltei para a minha mesa, me sentindo completamente nas nuvens. A Sol me olhou, abrindo os braços.

– Que xixi demorado, hein?

Ri para ela. Queria contar tudo o que havia acontecido, claro. Era minha melhor amiga.

Mas depois.

Aqueles momentos seriam só meus por mais algumas horas.

14

Nossa sintonia

Havíamos chegado em casa tarde da noite. Eu estava cansada, mas depois do banho fui me deitar e não consegui pregar os olhos. Fiquei repassando a festa mentalmente, revivendo cada momento desde a chegada do Zack – **ISAQUE!** – de táxi, até a conversa no jardim.

DEPOIS DO SHOW, NÃO CONSEGUI CHEGAR MUITO PERTO DELE. Muitas pessoas foram pedir autógrafos, quase todas foram tirar fotos. A Malalsa tirou pelo menos umas trinta fotos, e ficava agarrando o Zack como se fosse o namorado dela. Ele se saía bem em não parecer irritado, mas eu, no lugar dele, teria ficado bem nervoso com uma garota que me pedisse para tirar tantas fotos – e ainda gravar um videozinho para isso, um *snap* para aquilo, um áudio para mais aquilo outro... que coisa mais insuportável!

No fim, nem a Sol conseguiu foto.

– Amanhã, no concurso, a gente tenta tirar foto com ele lá. Não fica chateada! – ela disse.

MAS EU NÃO ESTAVA!

Pensei que seria melhor contar as coisas para a Sol pessoalmente. Como estávamos indo cada uma para a sua casa, deixei para o dia seguinte.

E lá estava eu, com vontade de mandar um áudio desesperado para ela – que já deveria estar dormindo. **CALMA, GIORGIA!** Sua parceira tem que estar bem para a performance na EACEMUS.

Me acomodei nas almofadas que ficam no chão do meu quarto e peguei um livro para ler. Eu precisava relaxar um pouco.

Foi nesse instante que meu celular piscou. Comunicação mental com a minha melhor amiga?

Nada disso.

18 NOVAS MENSAGENS DE ISAQUE

Que burra! Fiquei sonhando acordada, e nem percebi AQUILO! Com as mãos tremendo, desbloqueei a tela.

Ei!

É o Isaque

(pode zoar)

Não te vi na saída, mas imaginei que você já tivesse ido pra casa

Espero que tenha gostado do show

Aliás, sobre o seu segredo, queria te dizer que já senti medo de me apresentar. No começo, sabe?

Eu estarei por lá, e qualquer coisa é só imaginar que estarei enviando as energias mais positivas para vc

Sobre a letra, não tente escrever algo tão profundo logo de cara

Conversamos tanto sobre simplicidade que fiquei com isso na cabeça

E acho que vc deveria falar sobre as coisas boas e simples da vida

Não tentar fazer uma obra-prima sobre, sei lá, o amor

Essas coisas acontecem sem a gente perceber

Obras-primas e o amor

Hahahah

Enfim, to falando um monte aqui

Até amanhã e bom descanso

~~Zack~~ Isaque

Agora, me digam:

COMO DORMIR DEPOIS DISSO?

Resposta: nem tentei. Peguei meu caderninho de letras e recomecei. Do zero.

Com a melodia da Sol na cabeça e a mensagem do Zack no coração.

15

O grande dia

Nos meus planos mentais, eu queria ter acordado bem cedo naquele domingo, para tomar café da manhã e fazer tudo com calma.

Com o meu surto de criatividade de madrugada, não foi o que aconteceu.

— GIORGIA, VEM ALMOÇAR PARA VOCÊ NÃO DESMAIAR NO PALCO!

Isso mesmo, acordei na hora do almoço. Acho que ignorei meu despertador. Minha mãe disse que me deixou dormir até mais tarde porque viu a luz do meu quarto acesa de madrugada. E foi verdade: dormi pouco antes do sol nascer.

FIQUEI PENSANDO EM TUDO O QUE O ZACK TINHA ME FALADO. Ele era intérprete de muitas músicas, mas ele também compunha bastante – era só dar uma olhada nos créditos dos clipes. No começo, acho que eu realmente tentei fazer uma história de amor acontecer nos poucos minutos da música, mas agora eu achava que estava sendo muito precoce para falar de um sentimento tão complicado. Quer dizer, é complicado, mas nem tanto. Amor não é só uma coisa que acontece entre você e o crush, certo? As pessoas costumam reduzir o significado de uma palavra tão ampla.

Minha família me acompanhando na festa. A Marcela batendo palminha durante uma música infantil e repetitiva que ela adora me ouvir cantar. A Sol me defendendo na saída da escola. O almoço reforçado da minha mãe, que estava pensando na minha apresentação... **SE TUDO ISSO NÃO FOSSE PROVA DE AMOR, ENTÃO EU NÃO SEI O QUE MAIS SERIA.**

Pensei no que eu sentia pelo Zack. **SE ERA AMOR?** Ué, amor de fã, certo? Mas aí aconteceu tudo aquilo e, de repente, somos mais próximos do que eu jamais imaginaria, por mais que estejamos ligados através de um momento atrapalhado no jardim da casa de eventos (sim, a vergonha ainda me dói) e por uma conversa de Whats (sim, respondi assim que acordei, tentando não parecer uma louca desvairada).

Porém, assim que cheguei à cozinha, com a cara toda amassada de sono, vi meu pai cozinhando e minha mãe toda atarefada, e eles trocaram um beijinho rápido ao passar um pelo outro. Sorri e fiquei pensando: eles se conhecem há mais de vinte anos. São casados há pelo menos, sei lá, quinze? E estavam lá, juntos, em um domingo, querendo ajudar a filha com o seu pequeno grande sonho...

AQUILO ERA AMOR.

Seja lá o que eu sentisse pelo Zack (deixando a fã de lado), era ótimo, mas não deixaria a ansiedade atrapalhar. Somos tão jovens!

Com o coração leve, almocei de pijamas e pantufas.

Passei na Sol para irmos juntas até a EACEMUS. Mamãe, papai e Marcela iriam direto para lá, e eu iria com a família dela, pois dona Lurdes queria me maquiar – além de atriz, ela tinha um talento danado para pintura e qualquer coisa que envolvesse tintas.

No final, quando me olhei no espelho, estava assustada e contente: eu parecia outra pessoa, mas, ao mesmo tempo, era eu! Mais *rock n' roll*, **MAS DEFINITIVAMENTE EU, GIORGIA!**

Sol também estava linda! Jaqueta jeans cheia de patches, meia arrastão, uns brincões do tamanho de um bambolê. Parecia uma princesa punk! Estávamos combinando no look, bem diferente do visual chique da noite anterior.

– Miga, tenho que te contar uma coisa antes de irmos – eu disse, bem quando a Sol estava guardando o seu violão no case. Ela parou por um instante e me olhou, preocupada.

– NÃO VAI ME DIZER QUE VOCÊ QUER TERMINAR NOSSA BANDA QUE NEM COMEÇOU OFICIALMENTE?!

– Deixa de ser boba – eu ri, sentando na beirada da cama dela. – Na verdade, nem é sobre a nossa "carreira musical".

Então, eu contei para ela sobre o Zack – quer dizer, a parte do **ISAQUE** eu guardei. Ele contou o segredo para mim, não achei que seria legal contar sem o consentimento dele, né? Mas da parte que eu contei, a Sol ouviu tudo feliz e incrédula, assustada e alegre.

– Sabia que não era só um xixi! – ela disse, socando a palma da outra mão. – Você demorou demais!

– Ora, ora. Temos uma xeroque rolmes aqui!

– VOCÊ NÃO ME ENGANA, GIORGIA SANTOS!

Dei risada. **GIORGIA SAINT,** quase a corrigi. Mas guardei como piada interna.

O teatro da EACEMUS estava maravilhoso. Caixas de som, amplificadores, retornos, decoração de cair o queixo, cortinas novas, uma bateria, um teclado, um piano de cauda imenso... **UAU!**

O lugar também comportava mais gente do que o esperado. Os inscritos foram todos levados para o pátio antes de irem para o teatro da escola, para receberem instruções da produção do evento. Tinha muita gente ali, e a maioria eu nunca tinha visto na minha vida – mas, poucos minutos depois, descobrimos que pessoas das cidades vizinhas também estavam em Serena por causa do concurso.

Vi a Isa no meio dos inscritos, mas ela parecia se achar mais importante que os outros. Ficou afastada da multidão, cercada pelo seu **#TEAMISA.** Inclusive, a vi esbravejando contra uma menina bem mais nova e que, aparentemente, havia pisado em seus pés sem querer.

Sol e eu chegamos perto no mesmo instante, vendo que a menininha estava com os olhos cheios de lágrimas.

– Você é cega?! – MalaIsa gritava para a garota, bem mais baixa que ela. – Sabe quanto me custou para fazer as unhas dos pés?! Sabia que a minha pedicure é a mais cara de Serena?!

– CALMA AÍ, SUPERSTAR! – a Sol chegou gritando, colocando o dedo na cara dela. – Ninguém aqui está tentando quebrar o seu pé de propósito. Deixa a garota!

Isa olhou para a sua equipe, fazendo uma cara cínica.

– E VOCÊS SÃO MÃES DESSA MENINA?

– Olha, eu acho que vou mudar de ideia a quanto quebrar o seu pé – Sol disse, arregaçando as mangas e logo sendo cercada pelas "seguranças" da Isa. Me coloquei entre elas, e logo apareceram umas dez pessoas para separar o indício de briga.

Fomos separadas por organizadores do concurso, que nos mandaram ficar longe uma da outra. Mas, quando percebi, a menininha que havia pisado no pé da Isa estava logo atrás de mim, puxando minha saia para me chamar.

– Obrigada! – ela disse, abrindo os braços. Eu sorri e a abracei.

– Não se preocupe, está tudo bem! Qual é o seu nome?

– Marina! E o seu?

– GIORGIA! E ESSA É A SOL!

Ficamos conversando, nós três, Sol, Marina e eu. Ela era muito fofa, e deveria ter no máximo nove anos. **DESCOBRIMOS QUE ELA IRIA SE APRESENTAR COM SAPATEADO,** e que morava numa cidade vizinha à Serena. Nós a ajudamos a encontrar a mãe na plateia, e combinamos de ficar perto uma da outra até que fôssemos chamadas para o camarim – as pessoas, equipes ou duplas eram convocadas em pequenos grupos, de acordo com uma ordem determinada pela organização.

Uma música nos alto-falantes indicou que a coisa toda estava para começar. A mesa dos jurados ficava à esquerda do palco, e os ocupantes das cadeiras foram entrando um a um: quase todos eram professores da EACEMUS, de várias artes e matérias diferentes. **POR ÚLTIMO, ENTROU O ZACK, SOB APLAUSOS E GRITOS DA GALERA.** Ele acenou para o pessoal e sentou em uma cadeira no meio dos outros jurados que já estavam em seus devidos lugares – havia uma plaquinha com seu nome, que estava bem na sua frente.

As pessoas começaram a sentar-se novamente após a salva de palmas, mas eu me perdi olhando para ele. Fiquei de pé batendo palmas por mais tempo que o normal.

Então, ele olhou para mim e nossos olhos se encontraram por um instante.

A mão de Zack acenou um "OI" tímido na minha direção. Ele sorriu. Eu me sentei, envergonhada.

O curador do concurso começou a discursar sobre a importância daquele festival estar acontecendo em Serena, e chamou o prefeito da cidade para dizer algumas palavras. Enquanto isso, o meu celular vibrou.

@

Tá bonita, hein?

Obrigada

Vc tbm não está nada mal...

hahahaha

engraçadinha

doido pra te ver cantar

Comecei a digitar uma resposta, mas aí o prefeito acabou chamando o Zack para dizer algumas palavras para a plateia. Eu o vi largar o celular sobre a mesa, apressado, e se levantar até o centro do palco sob mais aplausos e gritos histéricos.

– Muito bom estar aqui, gente! – ele disse, sorrindo. Dava para notar que ele estava realmente feliz. – Algumas pessoas eu encontrei na festinha de ontem, mas hoje temos muito mais gente... E AGRADEÇO PELA PRESENÇA DE TODOS, COMPETIDORES E TORCIDAS!

O curador agradeceu as palavras de Zack e declarou o concurso oficialmente aberto.

A partir daí, não deu mais para conversar com o Zack pelo celular, pois ele estava prestando atenção nas performances para dar a sua nota. Mas eu passei o concurso inteiro – pelo menos a parte em que eu não estava em cima do palco – olhando para um certo jurado convidado.

A VARIEDADE FOI IMENSA. Acrobacias, danças, muita gente cantando. A pequena Marina subiu para sapatear, e nós gritamos várias vezes o seu nome antes de ela começar a sua apresentação. Ela era incrível! Mal dava para vê-la movimentando os pés, e seus sapatinhos soltavam o som de uma metralhadora contra o piso. Talentosíssima! E tão novinha!

Meus pais e os da Sol estavam se divertindo mais do que todo mundo. Torciam para todos, gritavam para todos. E é assim que tinha que ser, sabe? Eu também queria ver todo mundo dando o seu melhor, não me importava de também estar competindo. Porém, Isa e seu **#TEAMISA** permaneciam de braços cruzados em todas as apresentações. Elas se recusavam a curtir os shows. Falta de respeito é pouco!

Uma moça da organização veio nos chamar para o camarim. Nossa hora estava chegando! Abraçamos nossos parentes e fomos, apressadas. No caminho cruzamos com Marina e a enchemos de beijos.

– VOCÊ FOI INCRÍVEL!

– Estarei torcendo por vocês também! – ela disse, acenando de longe, enquanto éramos levadas pela moça.

O camarim era bem gigantesco, repleto de espelhos. Também estava cheio de pessoas agitadas, se aquecendo, se alongando, se maquiando... mas um cantinho na frente de uma penteadeira havia sido reservado para nós. O espelho ao lado do nosso estava lotado de gente.

Por coincidência, Malalsa e seu time de minimalas.

– Olha só, as protetoras de crianças idiotas vão ser nossas parceiras de camarim – ela disse, amarga, e foi logo puxando suas amigas para um dos lados do camarim. – Vamos, meninas, hoje eu acordei radiante e vim aqui para brilhar, ou seja, nada e nem ninguém vai atrapalhar isso.

ELA DISSE AQUELA FRASE DE NOVO!!!

– Não aguento mais essa menina – Sol disse, abrindo uma garrafinha de água em cima de nossa penteadeira. Em cima dela, havia uma lista com a ordem de apresentações. Eu a peguei para ler.

– Ainda vamos ter que aguentá-la mais um pouquinho. Ela se apresenta antes da gente.

– ECA. O PALCO VAI FICAR CHEIO DE VENENO. Não podemos encostar em nada, depois.

Pelo menos, após aquela cena, até a hora de elas entrarem no palco, conforme o camarim ia ficando mais e mais vazio, o #TEAMISA nos ignorou completamente, como se não existíssemos e o camarim fosse só delas.

Então, o nome dela foi chamado. Ela estava com um sobretudo rosa-choque, e as meninas dela com os agasalhos brilhantes que já havíamos visto antes. A moça da organização nos levou para o cantinho do palco, pois seríamos as próximas depois da Isa. Pelo jeito, assistiríamos à apresentação delas, querendo ou não.

A MalaIsa tinha levado uma equipe de iluminação de palco – descobrimos isso em cima da hora – que cuidou de colocar luzes especiais e fumaça de gelo seco somente para a apresentação dela. Ela ficou à frente da formação com as garotas, com um holofote bem sobre a cabeça dela e o rabo de cavalo alto. Seu cabelo cheio de apliques estava bem maior que o normal. Isa novamente parecia ter uns 20 anos, e não a minha idade.

Quando as primeiras notas barulhentas da música instrumental começaram, ela deixou o sobretudo rosa-choque cair e revelou estar com um maiô amarelo-gema, além de botas de cano alto que iam até a altura das coxas.

– **QUÊ?!** – perguntei, torcendo o nariz.

– Que coisa mais brega! – Sol cochichou. – Forçado, hein!

Concordei, mas não podia negar: **ISA REALMENTE DANÇAVA MUITO.**

As meninas ficavam apagadas atrás dela, mas estavam bem ensaiadas. Não gostava de ninguém ali, mas tinha que ser imparcial na hora de reconhecer. Ela rodopiava, mesmo de salto alto, e não perdeu o equilíbrio em nenhum momento. Olhei para a mesa de jurados, e todos eles pareciam estar encantados com a performance. Inclusive o Zack, que balançava a cabeça no ritmo da música. Aquilo me deu uma tristeza por dentro. O que eu pensava que conseguiria fazer em um concurso com gente tão talentosa como a Malalsa? Meu Deus, eu já estava pegando a mania da Sol de chamá-la assim.

A segunda música era mais lenta, mas com uma coreografia mais difícil. A terceira foi mais explosiva, com direito a um episódio que me deixou chocada. Talvez por improviso, talvez com plena consciência de que queria se exibir, Malalsa subiu na mesa dos jurados e **COMEÇOU A DANÇAR NA CARA DO ZACK.** Exagero? Com certeza! Até ele parecia não saber o que fazer com aquela menina de maiô rebolando no nariz dele. Porém, o público parecia estar amando a ousadia. Eu só conseguia pensar que, perto daquilo, **O MEU NÚMERO SERIA O MAIS SEM GRAÇA DE TODOS.**

– CORAJOSA – eu disse.

– Ridícula – Sol disse.

Enfim, o furacão Malalsa passou, e eu também estava passada. Ela terminou a música ofegante, de joelhos, recebendo palmas. Flores voaram para dentro do palco ("brega", disse Sol), mas desconfiei que ela também tinha contratado aquele serviço.

Os jurados anotavam as suas notas, que eram secretas, mas todos eles pareciam ter gostado muito da apresentação. Inclusive o Zack.

– MENINAS, É A VEZ DE VOCÊS – disse a moça, falando com alguém pelo rádio e nos empurrando para dentro do palco. Malalsa e seu time desceram as escadas e sentaram logo nas primeiras fileiras, nos olhando com um sorriso metido. Tentei não encará-las, e olhar apenas para as pessoas que eu realmente me importava e que estavam ali torcendo por nós. Nossas famílias gritavam, de pé, acenando muito felizes. Marcela e Rick estavam de cavalinho nos ombros de nossos pais, e aquilo era lindo. Sorri de volta, e Sol também. Era isso que importava de verdade!

A Sol passou a correia do seu violão por cima da cabeça, e fez um sinal de "OK" para mim. Ela estava pronta. **EU, NEM TANTO.** Mas a moça da organização me deu o microfone e sorriu para mim.

– Quando quiserem, meninas.

Olhei na direção dos jurados. Eles estavam com cara de quem não estava gostando, mesmo antes de começarmos a apresentação, mas acho que aquilo era normal.

Menos o Zack.

Ele sorriu e, mesmo em silêncio, formou as palavras com a boca:

BOA SORTE!

– **OI, PESSOAL!** – comecei, meio sem saber o que deveria falar. Não tinha pensado que iria nos apresentar. Burrinha! – Eu sou a... hã, Giorgia e essa é a Solange. **MAS PODEM NOS CHAMAR DE GIO E SOL!**

Sem esperar, Sol já soltou o primeiro acorde da música da Ariana Grande. Algumas pessoas na plateia reconheceram rapidinho e deram gritinhos de aprovação, o que me empolgou. Comecei a cantar, não tão alto, com medo de mostrar que a minha voz tremia.

Porém, lá pelo meio da música, vendo um monte de adolescentes cantando junto comigo, eu me senti bem mais segura. Me soltei, andei pelo palco. Ainda tímida, mas bem mais soltinha.

Recebemos aplausos e gritos empolgados – menos da Malalsa, que estava sentada na primeira cadeira perto do corredor. **E DO TIME DELA, CLARO.**

Sol e eu agradecemos brevemente, e ela sorriu para mim. **TINHA DADO TUDO CERTO!** Mas, agora, teríamos a segunda música.

– Bom, pessoal – comecei, no microfone –, agora vamos tocar uma música que nós fizemos, e espero que vocês gostem. Essa música se chama:

O AMOR EM POUCAS LINHAS.

Tínhamos colocado essa em segundo, pois eu estava mais segura com ela – mesmo tendo alterado toda a letra há poucas horas – do que com o cover do Zack. Poxa, ele estava logo ali! E isso me deixava mais nervosa, eu queria estar completamente aquecida quando chegasse a hora do cover. **AH, E O TÍTULO?** Eu também tinha criado um novo, depois da conversa com o Zack no Whats.

E aí, eu cantei:

Se eu pudesse, eu te traduzia
Em mil versos de uma poesia
Se eu pudesse, eu te cantaria
E te transformava em melodia
Mas pra quê

Se eu pudesse,
hoje e todo dia,
esse mundo
inteiro eu te daria
Se eu tivesse
escolha, escolheria
Todo tempo sua
companhia
Mas pra quê

Se o meu amor cabe em
poucas linhas,
em poucas linhas eu
vou te dizer
Que o meu amor cabe
em poucas linhas
Em poucas linhas muito
eu e você
Muito eu e você

NÃO ESQUECI NENHUMA PALAVRA. Nenhuminha! Na última nota, quase dei uma engasgada, emocionada, mas disfarcei bem. Tivemos muitos aplausos, mais até do que com o primeiro cover! Olhei para a Sol, contente demais, e corri para abraçá-la sem me importar com a etiqueta.

– **FOI DEMAIS, MIGA!** – falei, longe do microfone.

– Foi! – ela disse, tirando o violão do cabo e colocando o instrumento no chão. Estranhei.

– Ué, tem mais uma! O que você tá fazendo?

Ela virou para trás e começou a mexer em um computador que eu nem havia notado que estava ali.

– O que é isso, Sol?

– Para o cover do Zack – ela me disse, concentrada na tela teclando algo loucamente. – Programei uma bateria eletrônica para ela.

QUERIA MATAR A SOL! COMO ASSIM? Inventar algo de última hora!

– Mas ela é acústica! – reclamei.

– Não nos vestimos assim para ficar só no violão, miga – e.a disse, radiante, quando um roadie da organização entregou uma guitarra na mão dela. – **RELAXA, NÃO VAI MUDAR NADA DO TEMPO DA**

MÚSICA! Só vai ficar mais... – ela tocou um acorde, pisando na pedaleira – ...ANIMADA!

O som da guitarra com distorção fez meu sangue ferver! Eu animei na mesma hora, e até esqueci de continuar reclamando. Fui até o microfone e anunciei.

– Bem, esta é uma versão de uma música de um dos meus artistas favoritos, e que está aqui presente – eu disse, apontando para a mesa dos jurados, mas sem olhar para o Zack. Não queria me enrolar e ficar toda perdida naquele momento, mesmo sabendo que seu olhar estava fixo em mim. – Mas ela está um pouco diferente, ok?

Algumas pessoas responderam, animadas, e o som da bateria eletrônica entrou. A Sol tinha conseguido fazer com que ela soasse incrivelmente real e orgânica! Ela era muito inteligente com esses programas de música, QUE ORGULHO DAQUELA MENINA! Ela foi para a frente do palco e puxou as primeiras notas, do meu lado. Entendi o que ela estava fazendo e mudei ligeiramente o meu jeito de cantar, me soltando bem mais logo na introdução da música e pulando que nem doida nas partes que eram só da Sol e da guitarra dela.

AS PESSOAS TINHAM IDO À LOUCURA! De relance, vi que os jurados pareciam estar gostando, mas não tive coragem de olhar para o Zack. Vai que ele achasse que nós estávamos mutilando sua música?

Eu me empolguei e desci as escadas do palco, indo cantar no meio da galera, que tinha ficado de pé! Toda aquela coisa certinha de "concurso" tinha ido para o espaço, AQUILO TINHA SE TORNADO UM SHOW DE ROCK – pelo menos durante a minha apresentação. Desci, batendo na mão do pessoal do corredor – pulando a Isa, claro, que permaneceu de braços cruzados – e fui até o fundo, cantando alto! Eu estava empolgada! Que coisa incrível ver o pessoal cantando junto, ver minha família feliz ali no meio!

Depois do segundo refrão, a Sol começou o solo dela, cheio de *slides* e microfonias. Sensacional! Corri pelo corredor para voltar para o palco e entrar na próxima estrofe depois do solo ao lado dela!

ENTÃO, QUANDO ESTAVA QUASE LÁ, NO FIM DO CORREDOR... EU TROPECEI.

Em um pé. Em uma bota de salto alto, mais especificamente.

Caí bem na frente de Isa, batendo feio no chão e meu microfone voando longe.

NÃO ACREDITO QUE ELA FEZ ISSO!

As pessoas fizeram um grande "OOOOOH" quando eu saí deslizando, e me sentei, completamente perdida. Olhei para Isa, e ela mantinha um riso discreto, de canto de boca. Comecei a chorar, e algumas pessoas se prontificaram a me ajudar a levantar. Eu nem sabia para onde tinha ido o microfone, perderia a entrada do vocal, e acho que a Sol nem havia percebido que eu havia caído... estava acabado para nós. Minha performance tinha ido por água abaixo.

Então, quando eu menos esperava, uma outra pessoa começou a cantar exatamente no momento onde eu deveria entrar. **ERA O DONO DA MÚSICA, NO CASO.**

Zack estava ao lado de Sol, cantando pela primeira vez aquela nova versão de sua música. Sol estava sorridente tocando e olhando para ele. Ela realmente estava tão concentrada que nem viu eu me esborrachar.

Então, quando me dei conta, eu era só mais uma na plateia assistindo ao show do Zack. Ele havia tomado conta, não havia deixado a Sol na mão. E eu não sabia se estava feliz ou triste com aquilo!

Então, sem parar de cantar, ele estendeu a mão em minha direção. Eu apontei para mim mesma. "EU?". Ele fez um gesto mais apressado, como quem dissesse "VEM LOGO!". Quando me dei conta, estava sendo empurrada escada acima, e uma produtora me entregava um segundo microfone nas mãos.

– VOCÊ TÁ BEM?! – ela perguntou em meu ouvido. Eu estava com o ombro dolorido, mas fiz sinal de OK para ela.

E fui dividir os vocais com meu ídolo. Zack esticou sua mão, segurei-a sorrindo, nós ficamos ali, frente a frente, cantando. Eu não conseguia acreditar que aquele momento era real, aquilo estava acontecendo. DESCE DA NUVEM, GIORGIA! Ah, quer saber? Aquele com certeza era o momento mais inesquecível de toda a minha vida, nada me faria descer da nuvem.

16

Depois da queda

A música acabou e a EACEMUS veio abaixo! Eu nem sentia a dor no meu ombro. Zack me abraçou e me deu um beijo carinhoso na testa, perguntando longe do microfone:

– Você está bem? – perguntou, preocupado, com tom protetor.

– Agora sim – eu disse, emocionada, talvez até mesmo um tanto afetada pelo seu olhar. Com certeza foi o tombo.

Sol nos interrompeu pulando em nós dois, feliz da vida, enquanto os aplausos pareciam longe de se encerrar.

– ISSO FOI INCRÍVEL! UAU... ZACK! CARA! WOW!

– Ei, você mandou muito bem, Sol! – Zack sorriu.

Fomos levadas para o camarim e separadas do Zack, que deveria voltar para o seu lugar na mesa. Ele piscou para mim e ouvi ainda ele falar no microfone:

– Palmas para a Giorgia, que não se deixou abater nem com um escorregão! ISSO É MÚSICA DE VERDADE, GALERA! ISSO QUE É ATITUDE.

Eu já havia ganho o meu prêmio, de qualquer forma. Nada poderia mudar a minha felicidade naquele momento.

AMÉM, UNIVERSO CONSPIRANDO! AMÉM, ZACK!

No camarim, colocaram gelo no meu ombro e me trataram com todo o carinho. A Sol estava muito empolgada, mas desligou-se um pouco da tomada para saber o que tinha acontecido. Foi aí que eu contei para ela o que a Malalsa tinha feito.

– Eu não acredito! – a Sol berrou. Se ela estivesse com a guitarra na mão, já a teria jogado longe. – Não acredito que aquela... aquela... AAAAAAARGH, QUE ÓDIO!

– No final, deu tudo certo – tranquilizei. – Pensa que, se ela não tivesse feito isso, esse nosso trio improvisado não teria acontecido!

– Você pode ser a otimista da dupla, mas eu vou quebrar a cara dela!

Foi aí que alguém bateu na porta do camarim. TOC TOC

Fui até lá abrir e tomei um susto.

Era a Malalsa.

– Pronto, se veio até aqui vai ter **DELIVERY DE PORRADA!** – Sol gritou, indo para cima dela. Mas coloquei meu corpo na frente para separar.

A Isa parecia péssima, e estava com a maquiagem toda borrada.

Ela estava chorando.

– O QUE VOCÊ...? – comecei a falar, mas ela me interrompeu.

– Me desculpe, eu... não sei o que deu em mim... – Ela passou a mão pelo rímel que escorria, deixando seu rosto ainda mais manchado. **– EU SOU UM MONSTRO.**

Eu não sabia o que dizer. Na verdade, naquele momento, eu nem conseguia sentir raiva dela.

– Está tudo bem – eu disse, meio confusa.

– Não, não está – ela continuou, abrindo mais o berreiro. – O Zack Stone me viu te fazendo tropeçar... **EU TOMEI O MAIOR SERMÃO DA MINHA VIDA, E DO MEU ÍDOLO.**

– Nesse caso, não dá para não dizer "bem-feito" – Sol murmurou, mais calma. Isa concordou.

– Eu mereci... mas você não merece o que eu te fiz. **ME DESCULPA, GIO. DE VERDADE.**

– ISA, EU… NÃO ENTENDO POR QUE VOCÊ É ASSIM. Já fomos amigas, mas você parece ter um monte de prioridades na sua vida. Talvez agora você pense um pouco mais antes de humilhar os outros.

Ela concordou, em silêncio. Nisso, conseguimos ouvir que estavam prestes a anunciar os vencedores do concurso.

Fomos as três para a plateia, e nos separamos assim que chegamos lá.

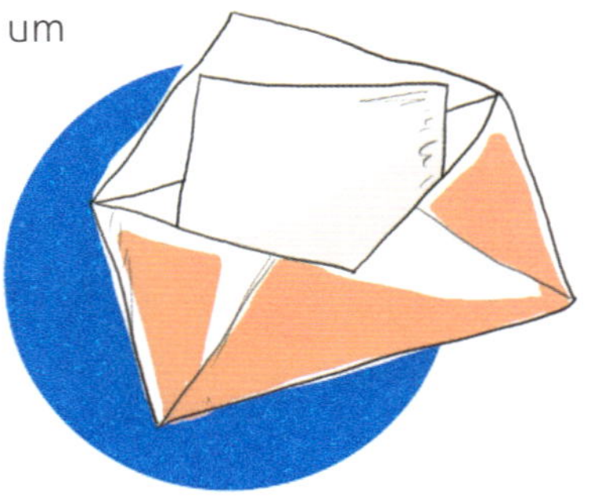

O curador do concurso estava segurando um envelope em uma mão e um microfone em outra. Explicou um pouco como era o sistema dos jurados, baseado em notas que depois seriam somadas e, assim, descobririam o vencedor. Tudo isso seria somado com o quesito "INTERAÇÃO COM O PÚBLICO".

– Entretanto – ele disse, fazendo uma cara estranha –, tivemos um evento inesperado. A dupla Giorgia e Solange foi a que mais fez pontos e a que teve uma resposta mais positiva da plateia…

O pessoal gritou. A minha família mais ainda. A Sol deu um berro.

– ASSIM, ELE ANUNCIA SEM ANESTESIA?!

– Calma – eu disse. – Parece que tem um **MAS…**

– MAS – continuou o curador, como eu previ – os jurados também concordam que grande parte da boa nota e da boa interação com o público foi por causa da interferência de um de nossos jurados, Zack Stone... e isso DESCLASSIFICA A DUPLA GIORGIA E SOLANGE.

Um grande "OOOOOOH" se levantou da plateia.

– MARMELADA, SEU FILHO DUMA... – berrou a minha mãe. Eu coloquei a mão no braço dela e a interrompi.

– Calma, mãe. Na verdade, ele está certo!

Ela se acalmou. Olhei para a mesa dos jurados, Zack estava com uma cara estranha. Parecia sentir-se quase culpado.

– Portanto, considerando esses eventos – o curador abriu o envelope, não parecendo muito empolgado com a notícia que havia dado –, o prêmio do I Concurso de Talentos da EACEMUS vai para... ISABELA E SEU TEAM ISA! ISA, VEM AQUI PRO PALCO, GAROTA!

Bom, eu já imaginava. A Sol, surpreendentemente, não xingou. Mas se virou para me abraçar.

– Conseguimos o mais importante, amiga.

– Eu sei! Obrigada por acreditar em mim, viu?

– Sempre!

Abraço coletivo das duas famílias. Continuamos assim quando a Isa pegou o microfone e fez um agradecimento beeeem fajuto e breve. Ela parecia meio perdida, e seu rosto ainda não estava dos melhores, apesar de um trabalho rápido de removedor de maquiagem. Percebi que Zack a aplaudia, mas com o rosto completamente mudado: estava triste, quase com raiva. Nunca tinha visto meu ídolo sem aquele sorriso lindo.

– Muito bem! – disse o curador. – Então, vamos ver mais um número da vencedora, o que acham?!

– NA VERDADE, EU, HMMM... TESTE, SOM, EI... Eu poderia só dar uma palavrinha antes?

Todos olharam para o canto do palco. Zack pegava o microfone da mão de Isa e parava ao lado do curador, que estava com uma cara confusa, mas fez um gesto com a mão, o encorajando.

– Hã... claro, Zack. Siga em frente!

– Ok, ok – Zack disse, parecendo desconcertado. Bem diferente do estilo descontraído habitual. – Prometo que vou ser rápido no que tenho a dizer!

– O QUE ELE TÁ FAZENDO? – a Sol cochichou no meu ouvido. Fiz uma careta para ela, pois eu não tinha a mínima ideia do que ia acontecer. Ele prosseguiu.

– Sabe, eu acho que às vezes nós agimos por impulso e acabamos fazendo as coisas saírem dos trilhos sem querer – ele começou, olhando para Isa, que abaixou a cabeça. – Eu sei que às vezes nos arrependemos, e isso é bom. Hmmm... isso é, no mínimo, humano. Errar é normal, o que importa é o que fazemos com o nosso erro depois que percebemos.

Onde o Zack estava querendo chegar? Aquilo era apenas um puxão de orelha na Isa?

– Eu agi por impulso hoje quando ajudei a Giorgia – ele continuou, e apontou para mim de lá de cima do palco. – Quer dizer, **QUANDO ACHEI QUE ESTAVA AJUDANDO A GIORGIA.** Eu só consegui a desclassificação dela e me sinto mal por isso...

Eu sorri. Lágrimas vieram involuntariamente aos meus olhos, e eu só queria dizer para ele que, na verdade, ele havia me proporcionado uma das memórias mais bonitas da minha vida.

– Enfim, não vou tomar mais o tempo de vocês, mas eu resolvi tomar uma atitude. Mas não foi por impulso, por mais estranho que isso possa parecer.

O curador olhava para ele com as sobrancelhas erguidas, tão curioso como qualquer um de nós ali.

– Eu... **RESOLVI PAGAR UMA BOLSA DE ESTUDOS AQUI NA EACEMUS PARA A GIORGIA.** Opa, e para a Sol também! Jamais separaria essas duas. – Ele olhou diretamente para mim, sorrindo. – E não vou aceitar um "não" como resposta!

Aplausos, gritos, mil abraços que me fizeram perder o chão. Eu não acreditava naquilo que estava ouvindo. Queria olhar para o Zack, mas havia muita gente ao meu redor. Quando consegui, vi que ele deixava o palco novamente para o curador, que parecia contente com o rumo das coisas.

– Bem – disse ele, retomando a palavra –, **QUANTAS SURPRESAS EM UMA SÓ NOITE!** Só posso dar as boas-vindas às três novas estudantes da EACEMUS, então! Mas, seguindo o protocolo, podemos ter a apresentação da vencedora da noite, creio eu...

– Na verdade – Isa respondeu, roubando um microfone de alguém. – Acho que quem deveria fazer esse bis não sou eu.

De cima do palco, ela apontou direto para mim.

– Com vocês, mais uma apresentação das melhores da noite – Isa anunciou, subitamente mais contente.
– GIORGIAAAAA E SOOOOOL!

17

Gratidão em harmonia

Foi difícil conseguir me desvencilhar de toda a minha família e da família da Sol. Digo, as pessoas comemoravam a justiça feita pelo Zack, e eu estava fora de mim, estava nas nuvens, como já era de costume. Eu estava indo na direção do palco quase que arrastada pelo pessoal, e ganhei alguns minutos para ir até o camarim e tomar uma água antes que ajustassem o palco para nós.

PERDI ZACK DE VISTA. Ele fazia aquilo comigo e simplesmente ia embora? Eu queria… agradecê-lo? Não sei. Me sentia estranha de vê-lo tomando aquela atitude. Ele não tinha culpa – muito pelo contrário!

Na entrada do camarim, parei para abraçar a minha amiga, que estava com os olhos molhados.

– Nem tô acreditando, miga! – ela disse.

– Eu também não, na real...

– TÔ NERVOSA!

– ENTÃO, ESTAMOS!

Abrimos a porta do camarim. Como o curador da EACEMUS havia dito, quantas surpresas em uma só noite! Lá estava Zack, parado no meio dele, com uma expressão de alegria e preocupação. Ele usava o mesmo All Star em que eu havia tropeçado no dia anterior.

Não pensei duas vezes antes de correr para abraçá-lo. Grudei nele, sentindo a sua respiração nos meus cabelos. Ele tinha um cheiro bom, de roupa limpa e banho tomado. Tão simples, tão maravilhoso!

– OBRIGADA – murmurei.

Ele me abraçou mais forte, dando um beijo em minha testa.

– É o mínimo que eu poderia fazer. Vocês foram geniais... HEY, DÊ UM ABRAÇO AQUI TAMBÉM, DONA SOL!

– Acho que eu vou morrer – ela disse, se aproximando com os olhos arregalados.

Zack riu. Eu ri. Sol riu. Era só o que sabíamos fazer naquele instante.

18

Sob os holofotes

E, de repente, lá estávamos nós no palco de novo, sob aplausos e gritos.

– Vamos repetir alguma música? – Sol perguntou, feliz da vida, colocando a guitarra e programando o computador. Nisso, Zack se aproximou de nós.

– Na verdade, que tal fazermos uma outra? – ele sugeriu, chegando perto. – Digo, se vocês quiserem minha companhia, claro...

– SIM, É CLARO QUE NÓS QUEREMOS!!! – eu disse, empolgada demais. Ele riu, eu ri também do meu próprio desespero alegre. – Mas qual?

– Qual música minha vocês sabem tocar?

– TODAS – respondemos juntas.

– Então – ele disse, pegando um microfone –, acho que o pessoal não vai se importar se tocarmos algumas muitas músicas!

E FOI COMO SE SEMPRE TIVÉSSEMOS TOCADO JUNTOS!

Nossas vozes combinavam! Entendíamos o que o outro iria fazer em seguida – sem ensaio, sem marcações de palco. Eu estava irreconhecivelmente solta, e quer saber? Acho que minha timidez estava enterrada no passado!

Eu estava tão alegre que chamei a Isa no palco. Ela pareceu não acreditar de primeira, mas, sabe... Não dá para ter rancor numa hora dessas. Eu era só alegria, e se houvesse alguma chance de trazer uma amiga de volta do passado, eu o faria!

Ela dançou no meio de nós, e até a Sol dava uns sorrisinhos para ela, perdoando aos poucos, a cada nota de sua guitarra. Chamei a Marina, a menina fofa que havíamos conhecido, e ela sapateou em uma das músicas ao nosso lado, feliz por estar ali em cima do palco novamente.

Em um certo momento, a Sol chamou o pai dela no palco. Ele era saxofonista, mas manjava bastante de bateria, ou seja, demos uma folga para o programa de bateria eletrônica e tocamos com uma de verdade. Alguém se prontificou a ir para o teclado, outras pessoas subiram para dançar e muitas outras para fazerem backing vocal. No final, **TINHA MAIS GENTE EM CIMA DO PALCO DO QUE NA PLATEIA.**

E acho justo!

Os holofotes são para todo mundo, e o verdadeiro amor é compartilhado.

Nesse caso, naquela noite de domingo, **SERENA ERA SÓ AMOR!**

19

Terminamos, mas nada acabou

QUATRO MESES DEPOIS...

@

Miga

Migaaaa

MIGAAAA ACORDA

SOOOOL

QUE DESESPERO É ESSE??!

A gnt marcou
ensaio hj sua doida

Não lembra?

Claro que sim

Mas é que tá
cedo a nda

Sim, mas
combinamos de
tomar o café
com td mundo

Lembra?

AI
MEU
DEUS

Era verdade! Como eu podia ser tão esquecida? Nos últimos tempos eu andava tão atarefada que talvez estivesse um pouco avoada. Fui para a sala correndo, ainda de pijamas, gritando para minha mãe na cozinha.

– **MÃÃÃE, VOU TOMAR CAFÉ NA CASA DA SOL COM A BANDA!** Você viu minha blusa branca?

– Vem aqui!

– Estou atrasada!

– VEM AQUI QUE EU ESTOU MANDANDO!

Eita. Ela falou meio rindo, mas, quando a mãe manda, a gente vai, né?

– O que é que você quer me...

Parei a frase no meio assim que entrei na cozinha. Na mesa, um café da manhã bem farto servido. Meu pai, Marcela e minha mãe estavam sentados, comendo. Ao redor dela, sorrindo para mim, Sol e Zack guardavam seus celulares.

– O café não era na minha casa, viu? Marcamos aqui – disse Sol.

Bati com a mão na testa.

– ARGH, É MESMO! DESCE DA NUVEM, GIORGIA!

– Dona Maria, sua filha está a cada dia mais doida – disse Zack, fazendo uma falsa cara de indignado e vindo me abraçar.

– Ela é – minha mãe concordou. – Senta e come direito, Isaque! Você tá meio magrinho. SE VOCÊ SUMIR, ELA FICA SEM EMPRESÁRIO!

– Queria eu ser magro assim ainda – disse meu pai, dando mingau para a Marcela. – Se eu virar empresário de alguma coisa, será que eu fico com o corpo assim?

Virei os olhos. Era sempre assim quando o Zack vinha em casa. E minha mãe só chamava ele de Isaque, ela insistia!

– Cadê a Isa? – perguntei, enchendo minha xícara de café. – Ela não vinha hoje?

– A Mala... **AI, DESCULPA, FORÇA DO HÁBITO.** Enfim, ela tem aula de dança hoje até mais tarde, mas vai no ensaio – a Sol disse. Quem imaginaria que as duas ainda se dariam tão bem. – Aliás, ela teve umas ideias para gravar aquele vídeo. Ela inventou umas coreografias bem doidas.

– Ah, falando nisso – o Zack disse, levantando um dedo. – Tem show na capital daqui duas semanas. **JÁ TOPEI!**

– Tá topado, então – concordei, feliz. Seria a segunda apresentação por lá. O pessoal da capital estava curtindo a nossa nova banda, só de garotas. **AINDA MAIS COM O ZACK TOMANDO CONTA DE NÓS!** Era difícil dividir meu lado fã com meu lado parceira de trabalho dele, sabe?

Tinha ainda um outro lado meu e do Zack. Que ia muito bem, obrigada! Mas acho que isso eu não quero espalhar agora. Quem sabe depois... **FICA EM SEGREDO, TÁ?** Pelo menos, por enquanto.

20

O amor em poucas linhas

Era até estranho pensar em como as coisas haviam mudado. Sabe quando estamos vivendo a vida dos nossos sonhos e parece que estamos flutuando? **NÃO QUERO DESCER DA NUVEM, NÃO!**

Podia ouvir o barulho do palco, os últimos ajustes para o show. Sol e eu estávamos muito felizes e nervosas, mesmo não sendo a nossa primeira apresentação, **ERA UM SHOW NOSSO, SÓ NOSSO!** Sempre ficávamos extremamente nervosas, como se fosse a primeira vez de novo. Ah, e não podemos nos esquecer da Isa, que agora é só Isa, a história de "**MALAISA**" ficou no passado – inclusive, ela até achou graça do apelido quando contamos. Zack – como sempre! – estava dando todo apoio necessário. Nada como ter alguém experiente no assunto, não é mesmo?

– Acho que está tudo certo. – Zack entrou no camarim.
– Como vocês estão? Muito nervosas? – Sorriu.

– Nervosa é pouco, meu amigo! Parece que ainda estou vivendo no dia do concurso! Um dia esse nervosismo passa? – Sol andava de um lado para o outro, prestes a afundar o chão.

– Não vejo a hora de subir naquele palco!
Espero que eu continue sem cair!

Gargalhei, ganhando um abraço de Zack. – Acho que vamos ficar bem novamente e não será necessário nenhum ato de heroísmo – Brinquei.

– Muito engraçadinha você, né? – Zack me soltou, voltando sua atenção para um membro da nossa equipe.

A porta do camarim abriu, uma cabelereira rosa passou voando.. Era a Isa, pronta para o show, e ela brilhava mais do que um unicórnio.

– Meninas! Vocês já foram lá fora? Está tudo maravilhoso! – Isa disse, jogando os cabelos, eufórica. – Olha esse cabelo, gente, eu tô maravilhosa! SE EU NÃO SOU GATA, NÃO SEI O QUE SOU.

Todos nós rimos. Isa havia mudado muito, mas certas coisas nunca mudam. Mas era fato que estávamos nos dando bem novamente.

Eu simplesmente não conseguia deixar de sorrir. Estava ali com meus amigos, minha família no *backstage* e minha banda pronta para arrasar no palco. Suspirei, contente.

ERA HORA DO SHOW! LITERALMENTE!

Subimos no palco, tocamos várias músicas que energizaram a galera ao máximo. Todo mundo parecia estar bem feliz ali, não somente Sol e eu, tocando e cantando, mas Isa comandando as bailarinas também!

Depois de tocar algumas músicas nossas, já que agora eu finalmente conseguia ouvir melhor a voz do meu coração – talvez por ter uma ajudinha de um certo cantor famoso –, tocamos alguns covers do Zack – afinal, não fazia mal algum homenagear quem tem nos ajudado tanto, **NÃO É MESMO?** Mas era hora de ir um pouquinho além. As luzes do palco se voltaram para mim – Sol, Isa e as bailarinas saíram de cena, me deixando ali no meio do palco.

– Bom, como muitos de vocês já sabem, só estamos aqui graças a tudo o que aconteceu em certo concurso de talentos... – Minha voz tremia. – E também, graças a um certo cantor famoso, dono de uma coleção de camisas xadrez e de um tique inconfundível em mexer no cabelo. – Ri, tentando disfarçar a tremedeira. – Esta aqui é para você, Zack Stone, **OU, MELHOR DIZENDO, MEU NAMORADO.**

A plateia vibrou com a minha singela declaração. Eu podia ver minha mãe chorando perto do palco e Zack incrédulo com a cena. Era possível ver seu sorriso até do alto da minha velha e conhecida nuvem. Sol entrou tocando "O AMOR EM POUCAS LINHAS" e eu cantei os versos do fundo do meu coração, como nunca havia feito antes. Os aplausos soaram tão fortes quanto as batidas do meu coração, principalmente quando Zack correu para o palco vindo me abraçar. O público ficou maluco com a nossa cena.

Acho que agora não havia mais segredos, né?

A vida pode ser curta, como todo mundo diz. Mas o amor também é simples.

E EU ESTAVA AMANDO TUDO AQUILO!

Giorgia, DESCE da NUVEM

Este livro foi revisado segundo o Novo Acordo Ortográfico da Língua Portuguesa.

Editora responsável Tainã Bispo
Produção editorial Aline Santos, Fernanda Costa, José Cleto, Luiza Marcondes, Natália Ortega e Thiago Koguchi
Fotos Rodrigo Takeshi
Produção de fotos Michelle Harue
Ilustrações Adriane Mascotti
Imagens Shutterstock Images

Dados Internacionais de Catalogação na Publicação (CIP)
Angélica Ilacqua CRB-8/7057

C438a Chaves, Giovanna
O amor em poucas linhas / Giovanna Chaves ;
ilustrações de Adriane Mascotti. – Bauru, SP : Alto Astral, 2017.
128 p. : il., color.

ISBN: 978-85-8246-585-1

1. Literatura infantojuvenil I. Título II. Mascotti, Adriane

17-1093

CDD 028.5

Índice para catálogo sistemático:
1. Literatura infantojuvenil

astral cultural

Astral Cultural é a divisão de livros
do Grupo Alto Astral.

BAURU
Rua Gustavo Maciel, 19-26
CEP 17012-110
Telefone: (14) 3235-3878
Fax: (14) 3235-3879

SÃO PAULO
Rua Tenerife, 31 - conj. 21 e 22
CEP 04548-904
Telefone/Fax: (11) 3048-2900

E-mail: contato@astralcultural.com.br

Primeira edição (Setembro/2017)
Papel de Capa Cartão Triplex Ningbo 300g
Papel de Miolo Offset 120g
Tipografias Aller Light e Hikou
Gráfica Grafilar